借山而居

三冬 著

中國華僑出版社
北京

第一章
若有“隐”之心，处处皆是终南山

第二章

在我的世界里，我是我自己的王

第四章

虚无的诞生

第一章

若有『隐』之心，处处皆是终南山

借山而居

终南山的云彩，不但可以盖宫殿，还可以揪一块嚼着吃。

▲选择终南山的原因有很多，足够写一篇长长的文章，只是更多的是对西安的某种情结，或者是对民族文化根基的某种依赖吧。

▲（铺路）把一块一块石头搬进院子，在院门正对堂屋的位置，码出一条与院子宽度比例适当、构成合理的小路，再往缝里一铲一铲填上细土，接下来的任务就是坐在门台上，抽支烟，等一场雨。

▲（刷墙）干净就行了，而平整却会显得刻意，所以在改造老房子的时候，只需要刷白就行了，留着那些颗粒与斑驳，也许是质朴而又极富美感的肌理。

我比较喜欢砖地或者水泥地，只是如果要运到山上，得把砖一块一块背上来，所以将就用水泥了。

喜欢砖地（合缝齐整的青砖），其实还是美学上的偏爱，质朴、厚重，还有心理上的轻松，弹个烟灰或者喝茶的时候泼出去茶根儿，都不用太拘谨。

地板砖是最让人浑身不自在的材料，就像有些人因为裤子很贵，累得要死也不愿意坐到地上，太作。

▲ 屋里收拾得差不多了，也该慢慢搬家当了。孤家寡人，除了诗和画，也没什么有分量的家当，就这点儿东西。

▲ 画案很重要。案子是用来放工具的，就像茶壶是用来喝茶的，讲究价值一百万整页儿板的黄花梨还是几万元的紫砂，那是富家子弟炫耀的玩意儿，吃不饱饭的艺术家就别和人家比了。

当然话说得也有点儿死，有些是玩意儿，而有些“玩意儿”是艺术品。从文化、材质、工艺等审美的角度去买一个玩意儿的人和从价格的角度去买一个玩意儿的人，不是一个等级，不能一概而论。

▲ 我偷偷告诉你一个美学的规律，你不要和别人说，“极简（造型）+朴素（材质）+高级灰（色调）”，这几个大关系控制好，就不用找设计师了。

▲钱和格调无关，而纯手工的，都是奢侈品。这便是无意识和有意识选择的区别。无意识的纯手工，就是农民身上的粗布衣，而有意识的纯手工，是时尚名媛的粗麻裙，同一块布料，同一款型，价值却有天壤之别。这也是为什么总有人不明白毕加索的画和儿童的画没什么区别，价值却有天壤之别，因为儿童是无意识的“拙”，毕加索却是有意识的“拙”。

返璞归真，“返”字是价值的体现，“真”的程度决定价值的高度。现代书法、口语诗、当代艺术等，很多密码都在这个标准里。

▲山里面有很多木头，拣一些有造型的、线的构成比较完整的，可以用来做笔架或台灯架。

▲为什么同样一种材料的拐杖，有的形状上只是比另一个多扭曲了一点儿，可能一个是让人爱不释手的宝贝，一个是当柴火烧都不心疼的木料呢？因为，就是多扭了那一点儿，它才符合“线”的美学标准。

你想，为什么每个人都画树，文人画里的树就美到极致呢？

而那个标准，就是艺术审美的高度。盆景亦如此，画画得有多好，其做盆景的价值就会有多高。

▲我有审美强迫症。切菜的时候画线条，扫地都不自觉地要扫出草木灰的疏密……

第一章
若有"隐"之心，处处皆是终南山

▲ 药虽不能停，树还是要修的，要当成盆景修，修成一幅文人画。趁“熊大”“熊二”不在。

▲ 插花和选拐杖性质一样，都是艺术审美的产物。同样是一个瓶子插进去一束花，有的人只是把花插在瓶子里，有的就是插花艺术。

比如，我看过一位日本艺术家的作品，有禅意，大师手笔。这都不是偶然的，点线面的节奏和情感都会注入里面。而这些注入并不是创作一样的思考，而是对艺术的认识、见解、鉴赏、修养等的沉淀，是潜移默化的，如同随手一扔。

哦，对了，瓶子的器形、材质的选择也是“花”非常重要的一部分。

台下十年功，台上随手一扔。

▲ 我喜欢早上起来，看一会儿从窗户钻进来的光。

我不喜欢画画，也不喜欢写诗。因为我觉得任何企图对疼痛的表现，都不如直接递给他一把刀子。写诗只能是接近诗，而始终无法达到诗。

所以诗意地存在着，比写诗更重要。

但是我又必须画画，并且写诗，那是“诗意地存在着”之外的需求，比如“存在”。

我经常弄不清星期几，

不知有汉，无论魏晋。

▲ 租金?

二十年，不要再问了，四千元。对，是二十年四千元，不是一年四千元。

而整个院子的租金加上我所有的家当和收拾屋子的钱，也不过花了一万多元。

事实证明，有个家，有个院子，还有一个桃花源，并没有那么难。

▲ 所以，这是最坏的时代，也是最好的时代。

续借山居

昨晚，我在自己的公众号发了篇小结，和以前发篇文字没什么区别，无心插柳，却让很多朋友发来信息说自己的朋友圈被那篇帖子刷屏了。然后我就这个话题梳理下。

子弹还在飞，这不是偶然。

我朋友圈只有两百多个人，十二三个人转着玩，其中我想蠢疯老师和阎洲兄弟的朋友圈好友可能比较多一些，但是转的这十几个人有一个共性，就是自己的朋友质量都挺高，都是和艺术有关的。

圈子，这可能是个潜在的因素之一。

然后这十几个转发，昨天从早上到晚上十二点，点击量过五万。一天的时间从十二三个人到五万人，像个炸弹一样，无数个千足虫疾走如飞，革命一样的速度蔓延。我的公众号从五十五个人一天升到一千二百四十六个人。并且这个数据还在以更快的速度疯长，我发这篇文字的时候点击量已过十万。

于是你发现，这个时代对于闲适淡泊的日子，是有多么饥渴。

饥饿感，这当是潜在的因素之二。

（从传播的角度来看，这是让人害怕的，和发洪水、地震、失火一样让人生畏，所以有“舆论如洪水猛兽”。）

但是每天也有各种自己盖小院的新闻，改造山洞的都有，也没有如此这般，所以这还不是深层因素。

然后我想梳理的就是这如此饥渴而被刷屏的深层因素。这个挺有意思。

何老师带过来一个朋友——黄哥，并没聊多少，但几句话就知道，黄哥段位很高。

黄哥说，只有在你这儿喝茶的时候才是喝茶，在其他地方喝茶都被喝成装 × 了。另一句是说，这些木头好看，就是这种，不知道像什么，又觉得像什么。其实当你开始下定义说这根木头像什么的时候，就低一级了。更低级的就是那种像盘龙、像卧虎、像罗汉。

就说喝茶被喝成装 × 这件事。

从国学热开始，传统就成了一种高逼格的流行了，哪个工作室要是不整点儿茶道、摆张古琴都不好意思说自己是当代艺术家。审美疲劳，这大概是黄哥说大多数人把喝茶喝成装 × 的原因。

当然总会热点什么，群体社会要没有个逼格食物链就没存在感了。所以传统热必然是比小资热好，小资还是太单薄，传统是只大老虎。

这就说到审美疲劳，“隐居”这个词被提及得太多了，像养生、成功学、心灵鸡汤一样频繁，甚至都有点儿审美疲劳了，而“隐居”没有被如此饥饿地刷屏，原因是大多数隐居沦为气功玄学、禅修班、养生，或者走火入魔的返璞归真，类似清华、北大的博士毕业后住进了山里，不用电、不用手机……这一听就走火入魔了。传统做饭的方法是烧火，储存食物的方法是挖地窖，现在有人闹回归，要把电断了，冰箱卖了，去烧柴，挖地窖。美食不正是因时代变迁、材料的更新和丰富变得更好吃了吗？那么同样都是回归传统，该断哪个不该断哪个，怎么选择呢？标准就是，哪个让你的生活变得更好，就接受哪个；哪个让你的生活变得焦虑了，就断哪个。我讨厌电视，就不装电视。但我不讨厌电和手机啊，为什么不用电、不用手机？嵇康活到现在肯定也会和阮籍、山涛在社交软件上互相关注。

@嵇康：冬弟说得对！

尤其提及最多的“终南山隐士”，得让你失望了，终南山是没有隐士的，修行的很多，大多是修行的僧人或者道士，因为终南山是佛道圣地，但修行的出家人，是不能称为隐士的（充其量算修士）。这概念的误区其实应该归罪于比尔·波特，曲解了隐士的概念。

“隐士”是隐居不仕之士。首先是“士”，即反现实的读书人，“隐”是就“士”而言的，否则就无所谓隐。隐者，是哲学层面的，不进而退，以退为进。一个农民过简朴的生活就不能是隐，那是无路可进。无意识的和有意识的意义不一样，在此就不重复了。一般的“士”隐居也不足以称为“隐士”，须是有名的“士”，即“贤者”，《易》曰：“天地闭，贤人隐。”又曰：“遁世无闷。”又曰：“高尚其事。”

“士”和“贤”，如果按真正传统观念里“隐士”的概念来划一个门槛，当世基本没人能够划进来。退而避之或退而静之，前提都得是哲学的、情怀的。依我看来，狭隘的知识分子，就是我们说的那种不用电的清华、北大的博士了。

还有一种也有审美疲劳，老外的隐居。其实隐居换成老外的理解就是理想主义了，只是他们没有隐居的传统，所以理想主义就走了极端，比如《荒野生存》那种，中国人很聪明，早就把理想主义茅棚盖好了，还有漂亮的小院呢。

这潜在的深层因素，大概就是深层潜意识的吸引符合了阅读者自身都没察觉到的标准：在那么多心灵鸡汤隐居新闻层出不穷的时代，柴米油盐实实在在过日子的诗人被饥饿地刷屏。

所以，第一个层次：我的朋友圈高逼格的朋友是从深层因素＋对理想主义的饥饿而转发；第二个层次：清心恬淡生活践行者；第三个层次：清心恬淡生活向往者（最饿的群体）；第四个层次：就是问四千元院子在哪儿找的人，把这定位为草根逆袭励志故事者；第五个层次：问“牛×啊！小伙子，你吃什么？收入呢？”的人；第六个层次：最低级的阴谋论者就不提了，放狗咬之即可。

被问过最多的问题：

你一个人？

心慌不？

晚上害怕吗？

你吃什么？

总得花钱吧？

收入来源呢？

结婚怎么办？

总得在山下买个房子吧？

有网吗？

哦，对，要鸡汤吗？土鸡噢，尝尝？

每个人都有对桃花源的想象，换成西方的概念就是理想主义，但理想主义是有代价的。有句话说：“上帝给你一样东西必先夺取你另一样东西。”所以，山上最美的时候是刚下过雨，但人一般听到要下雨，就会躲在屋子里，更不用说上山。最有存在感的瞬间一定是独处，但独处却面临着无人共享这天地之大美的孤独。大雪天的终南山最美，魔兽世界里的磅礴，童话里的梦幻，穿越的恍惚，但要在零下十几摄氏度一步一滑蹒跚攀爬。

所以桃花源只是你看见的白天，而聊斋才是夜晚。

可是管他鬼怪虫蛇阴雨天，对我来说人群才是最让人畏惧的东西。

所以区别就在于——我不能没有桃花源。

生命简直太短，一年一年地翻页和翻书一样快，我都二十七岁了呢。我希望在知了能叫的一个夏天，这一生，每一天都是实实在在的一天。

所以，只要不是死亡和疾病，疲惫与劳累我都是不畏付出的，只为这绚丽的感动。

相对于平庸的一生，我更渴望迷恋那种生命的多样性，世界如此广博美好，我野心很大，都要体验。

可还是土鸡汤更好喝，更香更浓。

其实每一本心灵鸡汤都是一本武功秘籍，只要你把其中一篇练会并且身体力行，起码也是半个贤人了。但读了那么多，你的生活不还是你的生活？鸡汤之所以被讨厌并不是没给勺子，而是喝完你不洗碗。所以喝饱后又如何？真相和秘籍，一直就在那里。对于人或生活，“药”

只能作用一时，只有改变才能改变。这是看得见的经验，也是我的悲观。

每个人都有对桃花源的想象，但各有各的问题。所以每一种生活都是个案，不可复制，有唯一性，因为他是他，所以他的生活是他。

回留言

我喜欢躲在人群后面审视台上台下的众生相，特别有趣。而能突然以一个万众瞩目的视角看这些留言，是多难得的体验。我把它呈现出来，对那些做社会学、心理学、传播学的人都算是一个很好的样本。它简直就是一个当代艺术品。

在我对这些庞大而繁杂的东西进行梳理的时候，脑袋里的小马达高速运转，热乎乎得都能孵出小鸡来。

留言虽然多，但其实大部分有共性，重复的比较多。

比较多的有两种，其中有一大部分是：我爱你。我要嫁给你！

其实初见这种景象，甜蜜当然多一些。但之所以用“甜蜜”，没有用“开心”，是因为，这不是情绪问题。

你们想下，最香的荤菜，当是半年没吃肉，今日炖只鸡。但要是天天都吃鸡，那看见肉估计就和孕妇一样淡定了。并且爱你的再多，你只需要一个。所以并不像你幻想的有那么多满足感。

因为我知道要想爱情幸福，唯一的办法就是专注，而专注是责任，责任是自律，自律是抑制丑恶的滋生，抑制丑恶的滋生就是让美好喷薄，喷薄而出的美好，便是幸福。

很多体验不能都靠直接经验，靠想象和逻辑就能得来。

我总觉得“爱情”是个让人不太好意思发声的词。因为我对爱情虽然有想象，却是悲观居多。

女人对一个男人产生爱情的源泉，其实是这个男人的附加值，比如长着演偶像剧的脸，足够挥金如土的家底，有才华，或幽默、有爱、沉稳，或有安全感等，那些附加值满足了她部分需求的想象时，她就会产生“爱”。电影《偷天情缘》里的逻辑就给了很好的素材。所以你弄不清，她爱的到底是“你本身”吗？

所以我觉得爱的产生应该在相互不了解对方任何背景的情况下，仅仅靠某种无形的似曾相识，瞬间被击中。

应当是：她冲我一笑，我就爱上她了。

另一大部分是：你的院子在哪里？我想去做你的邻居。

这种问题也是重复出现，其实我能理解那种心情，但是作为提问的你们，却没有想过，当一个事情有公众参与的时候，其实是不可控的。

你可能出于自己的善意，问一句。问完就继续玩手机了。但你不知道其实你的善意已成了围观群众洪水猛兽的一部分，因此有可能对我的生活产生伤害。

大多数毁灭，始于善意的围观。

当然这类人群，出于善意，是明白人。解释之后能够理解者居多。

还有一部分是：终南山还有没有四千元租金的院子？

每个城市差不多都有山，没有山的也有农村，那些搬出去的老宅子，别说四千元，不花钱你说帮人家看房子，人家都会让你住。你把自己城里的房子让给农民，农民就把家里的院子和地都给你了。你住吗？

如果你可以，我告诉你，秦岭任意一个地方往深山里步行三个小时以上都有这样的院子。

而我的院子，今年夏天三个月里有两个月都没水，得到一公里以外挑水。

留言板：“先生您好，若亦有隐世之心，然而茫茫终南，不知道还有屋舍否？”

回复：“若有隐之心，处处皆终南。”

另外，对那些有住山想象和马上就要卷袖子实施的人，我有一些观点：别冲动，大家先把这些东西解决了之后觉得可以，再决定也不晚。

每个人都有对桃花源的想象，而住山是有门槛的。最大的问题就是“鬼怪虫蛇”或“空寂”，基本这两个门槛，先把百分之八十有这种想象的人堵到外面。嘿，半夜里突然有动静，你真以为那是风吹草动吗？那么是什么和怕不怕，是哲学问题了，哲学问题你得有超越哲学的脑袋，才能做到“心中有佛便是佛”。

而“空寂”对于大多数人来说也是坎儿，就是孤独了，想象当这个世界上只有你一个人的时候，你怎么和这个世界对话？威尔·史密斯主演的电影《我是传奇》，开篇的场景就是那种空寂，想象一下，可能不是一天两天，而是一生。而我经常忘了自己有说话的功能。你能享受这种“孤独的快感”时，其实你起码已经住进去一半了。

想象过山里面停电吗？然后剩下的才是“寒冷”“酷暑”“幻想”“深夜”“闪电”“阴雨天”“背粮食”“没菜吃”“下山”“上山”“伐木”“挑水”“陌生人敲门”“手机没信号”“锄头握在手里”“烈日扛在肩上”“乌鸦”“野猪”“遗忘”“床底下”“门后面”“谶语”“霉变”“失眠”“潮湿”“漆黑一片”，每一个你都能打败，就可以进山。

佛教里说不破本参不住山，不是罗汉不闭关，就是在说门槛。所以，想住山的人，你先要确定“你在那些门槛之外吗？”

即便是这些都能解决了，还有一个问题，就是女性，是有局限的。留言里有一个姑娘说：“刚出门前我突然来大姨妈了！是的，在我的幻想里也曾想过如果我隐居要准备多少卫生巾？这真是个可怕的问题，如此我也想过也许可以去做绝经手术。”

这只是一方面，其他问题就更多了，不再多提。

还有一种是，极其渴望，不过住山的日子就疯掉了，于是兴冲冲找个院子住下了，高调隐居两天，受不了又下去，然后把住山当成了度假。别让自己照镜子的时候难堪了。

当然，那么剩下那百分之一被击中又坚守的那些浪漫理想主义者，其实我觉得这些人如果真的要退出来，可以试试农村，而且信息时代，交通那么好，把自己城里的房子卖掉，回老家当个小地主都可以了。自由和爱才是生活的本来面目。城市化其实是个阴谋，不能多说，你懂的。

而且很多人都在做乡村的工作，从近代的梁漱溟、晏阳初、费孝通，一直到当代的秦晖、冯骥才，都有提供多种角度的思考和实践。

那么，如果农民这么迫不及待地主动进城吸雾霾，城里人回去过田园生活，那不就是个最好的出路吗？

可能由于关注我公众号的多为美院学生或文艺工作者，因此留言里面还是有一部分非常让人感动、清醒而美好的人。这部分人，是我最珍惜也是最欣喜的，他们是白纸上的小黑点，是美人眉间的痣，一定有着一双黑色透亮的眼睛。

留言以后不再回了。我有我自己的生活，不要给我戴隐士的高帽子，我头没那么大，接下来我还是每天都是星期天，喂狗、喂鹅、画画、写诗、喝茶、听歌、晒太阳，并且这种逍遥自在会持续下去。

二十岁出头的时候，我有一段时间很悲观，每天都看到各种阴暗面的社会新闻。后来我发现，原来是我自己的关注点出问题了，其实社会阴暗面从有人类社会史开始就没断过，但是另一面也一直存在。于是我就把那些阴暗面主动忽略，而倾向于有希望的那些，很快就走出来了。

庞大繁杂的信息时代，它们依然活跃着，但已和我无关。

所以，我当然不会被任何一种期望值绑架。

逃离的快感

——人群和爱情都有催眠作用，让人不清醒。唯有孤独，清澈如初生。

塑料做的

下山时奶奶指着一个雕塑
问我，那是石头刻的吧？
我说不是，是玻璃钢翻制的。
什么钢？
我说，塑料做的。

有一年回家，我坐在沙发上玩手机，我妈翻了我自己打印的集子说：“一页纸就印这几句啊，这么多空白，好浪费纸，又得多花钱。”我非常理解妈妈这种朴素的想法，可爱极了。但是，我该怎样和一个从省钱的角度去看一本诗集的对象去谈论诗呢？很明显，是无力的。

个人在人群里生活，一定会被这种无力和尴尬不同程度地充斥着。虽然都是善意的，但想说的话又被迫咽回去，多了总是会堵塞。于是你就变得越来越沉默，越来越像个不合群的怪叔叔。

人的动物天性让我们一开始就对自己的同类有依赖感。一个孤独的原始人如果在一个全是异类动物的环境里看到另一个人类，就不感到孤独了。这种找同类的天性最后缩小到找认知的同类，找知己。

而我每次回家都撑不了一个星期，因为假如我在西安，在自己的领域里，那么我的自信应该是我的认知。而在老家的话，我的存在就很傻了。我自信的部分（认知）在他们看来刚好是应该看不起的地方——会写诗？一个月收入多少钱啊？大学毕业几年了怎么都没开辆车回来？还不如我们村××家小学毕业后开理发店的，人家都已经在市里面有两套房子了！他们说“两套房子”的时候语气很重，像是要朝我脸上用力盖上卑微的印章。

当然，这种落差只是一瞬间的感受，这太正常了，是人都避免不了。就像愤怒，每个人都会有，只是一个温和的人和一个躁动的人区别在于，温和的人愤怒的频率低，恢复得也快。

人的这种受环境影响的自卑意识也是一样，区别就在于有人一瞬间就调整好了，并且看见了“存在与虚无”；有人却不断地被缠绕着，直到“垮掉”。

那么，假如只在这种环境里待几年，那你还可以自信地告诉自己指责你的人是傻 ×，假如你的一生都是待在这样一个环境里，那你就是县志里的大傻 ×。不要总拿“历史会认同我”这种无知来安慰自己，如果你一辈子都在那样一个环境里，村民对你的定位就是你这一生的历史定位。总是想着即便我活着时不被认同，“历史会认同我”，历史又不是你家的。殊不知历史埋葬了多少这样的人，像埋葬那些村民一样。

环境是适合自己的土壤，梦想就是画一个饼，在虚无的前方。顾长卫的《立春》，就是你的结局。

人有求生本能，所以自我反省的人，会在反思里不断地找到出口。

而更重要的一点其实是，当视野越来越大时，看到的东西就越来越多，面对环境也就越来越包容。就像突然有一天你看见每一个人的一生都是一部史诗。于是我们开始在任何环境里都能找到诗来抚慰自己的尴尬。

打工的人

邻居E在深圳
一个服装厂
打工
每次过年回家
朋友问他在哪儿
他都非常自豪地说
在深圳
那样子
就像深圳是他家的

老张的尊严

人民教师老张
耗尽毕生积蓄
买了一辆
十万的车
从此以后
看到十万以上的车，就很卑微
看到十万以下的车，就很满足

醒的哲学

两岁半的
小侄女多多
不知道“醒”是什么
每天早上睁开眼
都会看着这熟悉又陌生的世界说
“奶奶，我回来了”

但是，人群和爱情都有催眠作用，所以这种动容与清澈只能作为旁观者，或者过客。一旦离得太近，就会迷失自我，会被动，会疼。所以还是要逃离。

鸟人

如果必须变身成一种动物
我希望是一只
脾气暴躁的喜鹊
这样
就可以
做一只离群的鸟了

你清楚所有的名言名句其实都是那些与之对应的人自圆其说的药。像“中隐隐于市，小隐隐于野”根本就是不成立的。繁杂而琐碎的环境是针，只要扎你，疼痛神经就会有反应。这句话之所以盛行是因为一个观念的流行是缘于它有很坚实的群众基础的，因为能做到“隐于野”的人是极少的，而内心喜欢隐逸的人却很多。所以这个观念其实是那些想隐于“野”但又舍不掉“市”的生活品质的人幻想出的产物。比如，一个人的爱情最终没有结尾，相爱的人离其而去，那么他就会告诉自己：“不求天长地久，只在乎曾经拥有。”你看吃了这种小药丸，病一下子就好了。名言就是给一些遗憾的或者无法释怀的需求，说出一个安慰的声音。

我看名言名句时，就像看一颗颗鲜红的小药丸。

我清楚，所以我骗不了自己，短时间内在这样的环境里，可以吃点儿罗曼·罗兰英雄主义的药。要是一生都在这样的环境里，就得吃镇静剂了。

所以逃离。

床底下，门后面

——孤独很享受，女鬼很撩人。

佛教里说不破本参不住山，因为鬼怪、虫蛇、空寂、孤独这些都是住山必然会面对的问题，那么一个在山里住的人，必然先要斩杀的就是鬼怪。

每个人都有鬼压床、做噩梦的经历，这时的亡灵应该就像流浪汉，白天躲在书柜后面或者床底下的黑暗里，晚上来回走动。有时候会在客厅里坐会儿，又回来，坐在床旁边的椅子上，看这个活着的人睡觉。他像一个沉默的自闭症患者。你可以跟他对话，对着你的书柜或者门，他就在那后面，可以听见。你跟他聊聊，看看能不能说服他尽早离开你家，或许他没有恶意，只是没地方去。他白天的时候会靠在没有光的角落观察你的生活，看着你浇水、读书和爱人亲密。他喜欢你种的花，还喜欢你墙上挂的那幅画，只是你得跟他说晚上不要躲在厕所里，每次你蹲坑的时候他都站在你后面，这让你很不自在。

你真以为那是风吹草动？那为什么有时候不该动的东西却突然动了呢？比如，一本书压在另一本书上，突然从书架上掉了下来；比如，你确定你回来之前鼠标是这样摆放的吗？

从天地分阴阳、白天和黑夜开始他们就存在，天地间本身就有某种力量存在，子不语怪力乱神，我认为孔子的意思是“你懂的”。所以，如果你睡着后觉得有人在抚摩你的脸，一定不要伸手去推开，不要刺激到他，你装熟睡就行了。

好吧，其实是这样，并没有什么不干净的东西，只是在建房子的时候施工队工人之间发生冲突，有人被恶意砸死之后解了肢浇灌在了你的水泥墙壁里，你现在去用指甲抠一下，脱落的墙灰里，依然能够闻得见夹杂着腐朽皮肉的味道……

嘿，你愿意相信哪一个？

人类所有世界观便是，你信哪个，哪个就是合理存在的。佛说你先信，信才能显。当然，信科学，你我不过就是一把黄土。

山里人最容易相信鬼神，就是因为成长环境里传言听得太多。比如，山上房东侯先生的父亲年轻时打死过一条蛇，后来侯先生出生后脖子上就有一块蛇鳞状的皮肤。村民都叫侯先生“蛇皮娃”。不过就是一种皮肤病或者胎记。而迷信一直存在于人类记忆里的原因就是，迷信跟科学其实是一个逻辑——讲究的都是因果关系。科学讲一个东西因为这样所以必然会那样。迷信也是，迷信讲因为打死了蛇，所以长了蛇鳞。打死蛇跟长蛇鳞就是绝对的因果关系，至于因和果中间的那部分"无"，已经没有意义，因为结果就是最有力的事实论据。

所以，如果做噩梦、鬼压床，我会告诉自己是最近身体太虚，或者窗户忘了关，或者睡觉时平躺着等一会儿就行了，总有科学的解释可以供我们骗自己深信不疑，因为科学和宗教一样，都有一个可以自圆其说的庞大系统。或者说，科学不过是另一个宗教而已，那些无神论者，皆是科学教的信徒。只是科学面对生死这个终极问题时很无力，我一直认为科学是最虚无的法门，因为它把人类生之前和死之后的世界给毁灭了。

遇到怪力乱神，没能力自圆其说的，就在门口画个符咒，脖子上戴块玉，背上文个罗汉，或者墙上挂幅佛像，用这些仪式给自己输入一个概念，去压制另一个概念。

一个人寻求另一个人的原谅，在被其原谅之前，他的心里会一直被一种叫"内疚"的东西缠绕着，当另一个人终于对他说"我原谅你了"之后，他内心的那个"内疚"就像一股烟一样荡然无存。"我原谅你了"就是一个仪式；男女成为情侣也必须先有一个表白的仪式——男的说："你愿意做我女朋友吗？"女的说："我愿意。"然后这两个人的牵手、拥抱、亲吻等“情侣行为”就可以被允许了，被你自己允许，被你身边的人允许，被社会道德允许。如果没有这个仪式，男的要是跟一个女的突然有了“情侣行为”，就显得怪异，甚至被认为不道德。宗教信仰的洗礼、异姓兄弟之间的结拜、恋人之间的分手、月老的红线绳、一个希望得到原谅的人、一件耿耿于怀的事等，都源于同一属性，由仪式来完成。

“仪式”是填补人性漏洞的五彩石。

而应付怪力乱神，我的方法是：用无神论的论点来说服自己的迷信，用迷信来证明存在，用存在来博弈虚无，用有限的认知在没有源头的生命里寻找平衡。

神秘主义的小把戏

在山上碰到个朋友，神神秘秘的，讲他舅舅以前是地主，现在住的家里还有很多宝贝。老房子雕梁画栋，最让他惦记的就是卧室里那张三层敦实厚重的八步床。说十年前就有人出三万买那张床，但他舅舅说三十万都不卖。然后他就开始讲他的地主舅舅的发家史。

早些年的时候，他舅舅拖儿带女从河南逃荒到陕西，一家人住的是四面透风的破房子。有一年过年，有个要饭的老头在年三十晚上走到他家门口向他们讨饭吃。这个讨饭的老头似乎和别的乞丐不一样，别的乞丐都是低声下气，这个老头却理直气壮，并且拿着一个盆儿大的碗要求把碗盛满。这家人说："我们一家人才吃这么多。"讨饭的老头就说："给我盛满，以后你们就都有饭吃。"这家人想着过年也算积德，并且这个老头总给人一种好像哪里不一样的感觉，于是就给他盛了满满一碗饭。但是老人拿着饭却还是不走，又要求道：“这饭要盛得冒尖。”于是，这家人就又添了两勺子。老人走后，他的舅舅便回到后院放炮（自制的炮仗），放到第三个的时候，妻子指着屋后面的山坎说，怎么炮仗每响一声那边就有个地方亮一下？夫妻俩又放了几个，确实远处有个位置在闪。于是，这两口子就拿着锄头跑到亮光的那个地方开始寻找。刨了几下，碰到一个硬物，夫妻俩扒开周边的土慢慢把那个硬物挖了出来——一个腰粗的瓮，打开一看，满满一瓮银圆。于是他的舅舅用这些钱发家，成了镇上有名的地主。

这个故事听起来像是从《故事会》里面摘抄下来的，但是这个朋友讲述的时候极其认真，认真到你不敢笑。

在他讲述这个故事之前，老孟聊到近来胃胀，极为难受，去医院做了一次全身检查，检查结果一切正常，查不出任何异样。这位朋友就很严肃，说其实他刚来时就觉得，老孟院子里的东西摆设不太对，比如磨盘在风水里属阳，“白虎”是不能用来在上面喝茶的。他让老孟赶紧把院子门口左边的水池蓄上水，因为风水里讲究左青龙右白虎，水代表青龙，或者是屋里床的位置摆设不对，然后又拿出一根红绳说是观音寺里一个很厉害的师父给他的，开过光，让老孟拴在腰上。如果他没说这些的话，也就没什么，但他说出来了，你似乎就觉得有什么了。你看着干巴巴的水池就会想到他说的“风水不好”。你觉得“开过光”的红绳要是扔了，丢垃圾堆里就会觉得似乎哪里不对。很是奇怪，这种人跟你在一块的时候他所说的话你虽然知道是不可信的，却还是会多少感到不安。

就像你不怕巫术，却还是对别人给你下了蛊感到不适。

那么我在意的是：为什么我们本知道不信却又会感到某种不安呢？这说明我并不是真的不信，是人类血液里本能的恐惧和迷信。因为人类历史早期就是从巫术文化开始的，万物有灵论的神秘主义哲学早已渗透到血液，就像刚孵出的小鸡害怕鹰的影子。神秘主义是人类最原始的记忆。

这样想后我觉得似乎就是这样，但似乎又不全是这样。

有次，我烧了点柏木心柴当燃香用，丁威怯怯地说：“冬子，以后不要烧这个，这是棺材的味道……”我说：“你别瞎说，很多棺材都是柏木做的吗？”但即便是我告诉自己，棺材不是柏木料做的，但在我下次点的时候，再也没有木头的香味了，而是一屋子腐朽尸体的味道。

那么如果说“恐惧”是人类神秘主义的原始记忆，“下定义”就是导致逻辑的轨迹出了问题。以前我的逻辑轨迹是，柏木的味道等于木香，现在我那朋友突然给柏木的味道下了另一个定义——“焚烧的棺材”，于是下一次烧柏木的时候，我的逻辑马上就被那个概念直接拉到他的轨迹上了。

这种被动的心理漏洞，也是我比较忌讳鬼怪、死亡、风水之类谶语的原因。

不过这种漏洞人类可以用自己的智慧填补，比如靠仪式：许由洗耳其实就是一种他自定的洗礼仪式，洗洗耳朵，就把那些钻进耳朵里有辱清高的秽语给洗掉了。有人在被强奸了之后就反复洗澡，像是要把那些“脏”洗掉。洗澡也是一种仪式。

还有就是靠思辨了：下山时如果不小心开车轧死一条蛇，虽然我知道这本身和踩死只蚂蚁一样。但蛇有它被文化赋予的能量，于是就避免不了心里的不安，一定会想最近会不会遇到什么不幸的事。但是我只要告诉自己，那条蛇是卧轨，是自杀，是一条想要去死的忧郁的蛇，那么，这种不安一下子就解开了。

自己骗自己，骗到无懈可击时，就是一代宗师。

仪式的能量

“仪式”应该是一种神性的能量。比如，积郁的歉疚被原谅之后，内心的歉疚就像一股烟一样荡然无存。积郁的压迫感也荡然无存，顿感豁然开朗。那么是什么把心给堵住了，又是什么像打开一个阀门一样让心“豁然开朗”了呢？很显然这是一种能量。

我去香积寺玩，平日无所畏惧，一进香积寺就明显有点儿缩。就像被一个气场很大的力量给镇住了。后来想，我又不信那个，为什么会有些畏惧它呢？其实就是仪式的能量在起作用。那里面的建筑、格局、佛像、香火、文字、和尚、布衣，甚至一草一木，都是一种代表着庄严感的仪式。各种小型的仪式聚合在一起，就形成了一种巨大的能量场，更宏大的庄严感，即便没有信仰，也让人不敢太放肆。

打个比方，就像你穿了个拖鞋、大裤衩，突然进了一个全是墨镜、手枪、黑西装的场合，里面黑压压的，每个人都很严肃，沉默庄严，于是你正嘚瑟呢，一进去就不敢乱来了，轻浮不起来，被那种严肃的能量场所震慑，压力山大，额头冒汗。

但是换个角度，你穿个拖鞋、大裤衩，走在洗浴大厅，就很轻松。

那么这样看来，原来我不喜欢城市是因为城市有个能量场。只不过寺院是让人一进去就敬畏，就慢；城市是让人一进去就有压迫感，不由自主地快。

『知了知了』

这两天发现一种知了，通体黑色，身体的线条很匀称，比常见的那种大知了更有型，对比起来，大知了肥胖的身躯就像中年发福的胖子，很是不堪。并且惊讶的是，这种知了不但长得好看，叫声竟然像百灵鸟一样好听。我一直以为那个声音是鸟在叫，有次离得很近看到它，才发现是个知了。

大多数知了喜欢大合唱，一只开个头，附近的就跟着附和，远处的听到后也兴奋地加入，哇哇哇哇，一会儿就嗨上了。这种通体黑色的知了却不然，其他知了叫的时候，它很安静，但只要它一叫，其他知了就不吭声了。我觉得应该是那种只会集体哇哇叫的知了，羞愧没人家叫得好听，才自卑失声的。

知了的叫声有很多种，大知了应该是肺活量比较好，叫起来最是让人烦躁，就像在火车上你睡觉时，旁边大叔打电话，扯着嗓子聊。小知了的声音有一点奶声奶气的尖锐，像个多动症的熊孩子在你耳边絮叨。

如果早上早早的知了就开始叫，那么这一天一定是非常干燥炎热的。我观察了几次，果真如此。

知了遇到危险的时候，也会发出比平常更尖锐的叫声，只是飞走的一瞬间，收尾的声音像放了个屁，很是不雅。还有的知了在交配时叫，吱吱吱叫声很小，嘤嘤嘤嘤。

动物学家说大多数昆虫类生物，发出叫声都是在寻找交配，听起来挺单调的一生。据说有一种蝉，叫“十七年蝉”，在土里蛰伏十七年之后，破土而出，一变身，就开始寻找配偶，为交配而生，因交配而死。如果真是这样，那说明我还是很能隐忍的，一万只知了，整个夏天在你耳边啊啊哦哦。

不过幸好，我并不怎么相信昆虫学家的话，就像昆虫学家说，知了是没有听觉的，因为做实验发现，知了在叫的时候不管外界发出多大的声响，它都不会停止。人类真是除了喜欢以己度人，还喜欢以己度虫，如果知了没有听觉，它那么卖力，叫给谁听呢?

他们都无法知道，蝉在土里，由幼卵起，黑暗、静止的十七年，是靠什么判断，过了十七年的。

知了的外形，非常漂亮，尤其是那种刚蜕壳的，绿色的身子、白色的羽翼，额头还镶了三颗“小钻”。发现很多昆虫头上，都喜欢镶钻，看来人类喜欢钻石，是天生的。

每种知了都有一双透明如纱的翅膀，薄如蝉翼。感动的是，昆虫透明的翅膀上，竟是有着叶脉的纹理，人的身体如果是透明的，只剩经络，大概也是这种纹理吧。

常见的大知了，就是那种肥胖臃肿的“中年大叔”，在我们老家方言里，叫“麻鸡料子”，大多黑色，有宽厚的背。我见过一种，背上带黄色斑纹的，有禅的气息，非常漂亮。只是这几年，大的似乎不多见了，小的很多。小号的知了，我们老家方言叫“叽叽”，小叽叽的头上也有钻，背上有绿色的成分。

汉代葬礼中，人们会把一个玉蝉放在已逝的人口中以求庇护和永生，这种习俗一直延续到魏晋南北朝，即“含蝉”。大概是因为蝉在蜕变的过程中，像是有重生的功能。重生，确实让人类心生妒忌。

想飞，想重生，想变身，想唯我独尊，想长生不老。

佛教把知了叫“蝉”，据说也有此意愿。还有的说，知了总是说“知了，知了”，就好像参透了万物，所以称“蝉”。佛家很可爱。其实很多动物的命名我都挺好奇的，比如，八哥为什么叫八哥呢？

我住的这里很奇怪，每年夏天，其他地方都没声音，一到我院子，成千上万的知了就叫个不停。后来我想，大概是和我院子周边的杨树林有关。记得小时候，老家杨树下，就有很多知了，一到下雨天，我们就去捡，一个知了猴，可以卖两毛钱。但我并不喜欢这个“象征着夏天”的符号，你想，最热的时候，一天二十四小时地叫，真的够闹心的。我不喜欢住在离溪水很近的地方，其中一个主要原因就是水声偶尔听很好，哗啦啦，小桥流水人家，但这种声音，要是永远伴随在耳边，就是噪声了，强迫症想按个暂停。

三年前，也是夏天，跟马立、高非在树下闲坐，那时候我跟我的猫关系还没决裂，它在树边抓知了，我看着很无望，就起身帮忙。小时候我练过空手抓苍蝇，所以抓知了，技术很好，基本在我能够到的范围内，它都跑不掉。我站在我们坐着聊天的核桃树下，蹑手蹑脚，一把就捂住了一只正在啊啊哦哦的大知了，然后想都没想，一只手捏着知了的胸腔，另一只手唰唰两下把翅膀撕掉，往地上一扔喂了猫。马立在旁边看着，很是震撼，说：“太残忍了，刚才那一下，感觉就像任我行。”我好像突然意识到了什么，像被棒喝了一下，羞愧极了。

后来我反思这件事，很想弄清楚，为什么对待那只知了时，我没觉得残忍呢？我想到我妈妈，我妈妈胆子很大，小时候杀鸡、宰兔子，什么都敢，但自身却又是个极其善良的农村女人，那她杀鸡时的干净利落，是否是内心的某种恶呢？高非说，其实不是的，我妈妈杀鸡时，并没有把鸡的这条命当成和人一样的生命。在她眼里，一只活鸡的存在和一块鸡肉的存在是一样的，所以对她来说，并非算作杀。

我曾在一个小县城的冬天看见过一家餐馆门口的女老板，将一条婴儿大的鱼从水里抱出来，高举过头顶，往地上一摔，鱼蠕动了几下尾巴，就不动了，感觉摔得五脏六腑都碎了。那个时候，我从旁边路过，和马立一样，是很震撼的，因为我在那条鱼身上看到了死亡。而那个笨拙的女老板是没有死亡意识的，她很善良，不怕杀鱼，但害怕杀人，电影里高举头顶的小孩，这样一摔，她一定很悲痛，无法忍受。那些杀狗的，大概也只是把狗当成一株草，一只知了了。

没有天生的慈悲心，只是后来在山上的日子久了，巨大的闲适与安静，让我有了更多的注意力，侧目于那些细微的生命，开始去感受它们的存在。熟知一切生命的萌芽和生长，就像熟悉自己喂养的小动物。熟知每一只知了都是在土里，孕育数年，破土而出，蜕变，展翅，飞。吸食树汁、阳光和露水，只是一个季节的歌唱与交配。那些动物，小鸟和虫子，它们活自己的，于我并无恶意，只是和我并生于这块土地。我熟知这一切，放大了那些微小的生命，一样作为生命存在着的细节，才因敏感，心生更大的包容。

蚊虫记：蹲坑自带蚊香

据说蚊子最喜欢O型血，因为O型血是最古老的血型。确实，如果数十万年前蚊子就开始喝O型血了，那么O型血应该就是蚊子最爱的“小时候的味道”。我是B型血，蚊子也爱喝，只是相对于O型血，是蚊子的第二选择，备胎，所以在没有O型血可以解馋的山里，蚊子也会勉强喝我的血。没有大餐，路边摊也是不错的选择。

山里的蚊虫，比山下要丰富得多，只是蚊子，我就见过五种。一种是瘦瘦小小的，灰黄色，飞到耳朵附近的时候，能听见嘤嘤嘤嘤的声音，吸血后会变胖，离近能看到一肚子饱胀的红。我们拍蚊子应该就是对着蚊子喝的圆滚滚、饱胀欲裂的肚子，一巴掌击碎在胳膊上。

还有一种，和这种大小差不多，只不过肚子一圈有浅浅的黄色条纹，挺时尚的。最厉害的是那种黑白斑点的大花蚊子，这种蚊子比另外两种大一号，饭量也很大，就像有人一餐喝一碗，它一餐能喝一盆，所以被叮的包也比其他蚊子叮过之后的大，像个兰花豆，河南话：大扁扁疙瘩。早上醒来，如果被这种蚊子叮一身包，都有失血过多的感觉——赖床很重要。

偶尔还会见到一种身子比腿长的超大蚊子。但我见到这种蚊子时，它们从来都是一副快要飞不动了的样子，翅膀呼扇呼扇，飞得特别慢，飞两下就要找个地方歇一会儿，像动画片里那种瘦骨嶙峋、垂暮之年的喷火龙。后来查到这种蚊子就叫大蚊，原来是不吸血的。只吃植物的汁，怪不得看上去营养不良。

最近才注意到的是，还有一种比普通蚊子小很多、芝麻大的白色蚊子，透明的，通体钛白。比起大花蚊子，这个小白吸管也很小，奶茶吸管和可乐吸管的区别。太小了，又是迷你的白色身体，吸血的样子都很温柔，"叮——"那种微疼，就像汗毛丛林间的肌肤空地落下一粒尖锐、纤细的沙砾。

作为山里少有的人类，我的入住，大大改善了那些土生土长在山里的蚊子的生活，之前，它们要想改善生活，只能去永琴家里换换口味。但你知道的，永琴一把年纪了，皮糙肉厚，一针扎下去，针尖可能都折了。并且她家常年烧炕，可能还有烟熏肉的呛味儿。不像我啊，年纪轻轻，肉质刚刚好，尤其最近胖了点儿，肥瘦相间，雪花牛肉的品质，丁夏口裸露出来的小臂，鲜嫩丝滑，温润又有弹性，不用说血之香醇了，针管扎进去的摩擦都有快感。所以，每天不管怎样防范，我都会被叮两个以上的包。

蚊子是不会叫的，嘤嘤嘤嘤，是翅膀的振动，如果不是这个，更是"杀人于无形"。后院杂草多，蚊子也多，每次被叮，我都习惯性地用大拇指和食指扣住被叮过的包，用力一拧，痒疼痒疼的，所以现在身上，满是拧过的红。但这招也有失灵的时候，比如叮到脚心，就没办法了，脚心的肉绷着，拧一下，疼痒疼痒的。

自然环境的历练，令山里的蚊子看起来很结实，骨骼强韧，背阔胸宽，不像城里的蚊子那么丰满。城里的蚊子，眉清目秀，脸上写满吃遍各种美味的沧海桑田。但山里的蚊子，没见过世面，每天晚上，只需要点手指头长的一截蚊香，就被熏死了，而城里的蚊子，蚊香点了一圈，人都有点儿眩晕，蚊子还没事儿。

最近割了很多艾草，晒干后熏屋子，效果挺好的，艾草可以驱蚊，我也比较喜欢那个味道。一直觉得蚊香不能用得太频繁，终究是有毒的，伤敌一万，自毁八千。寺院点香，就是选择一种蚊虫不喜欢的植物气味来驱虫。驱虫，而非杀虫。虽然我拍死过不少苍蝇、蚊子、马蜂、金龟子之类的，但对佛驱虫的做法还是很敬重的，或者说，我对“慈悲心的诞生”很敬重，而不是“不杀生”，但很多人一想到不杀生和慈悲心是联系在一起的，就变得很作，走火入魔。

每个人都是各自唯“我”独尊的，就像此刻，我在看你阅读时，我是中心，你是我的旁观者；你在阅读我时，你是中心，我是你的侧边，并且山河草木鱼虫鸟兽，万物皆如此。只要接受“万物唯我独尊”，就能做到“事事顺其自然”。蚊子叮我，我还是会拍死的，院里杂草不但要铲断，还会连根拔掉；马蜂窝挂房檐，都拿火烧了；老鼠一定打死，吃菜的虫子果断夭斩，自然而然，但这丝毫不会减少我对待这个世界的爱和善。

蚊虫记：月光虫鸣，一种叫夏夜的情境

有时候我觉得，苍蝇比蚊子更讨厌，尤其是吃饭和早上起床之前。睡懒觉的时候，苍蝇在脸上爬，大概是最让人烦的了，挥着沉重的胳膊赶开，又回来，反反复复，你明显能感到它贱贱的蔑视和挑衅，终于憋了一肚子气坐起来了，它又不玩了。

蜱虫咬人和蚂蟥差不多，据说是有吸盘在皮肉里吸附着，很执着，用火烧屁股，才能把吸盘拔出来。但蜱虫比蚂蟥更讨厌的是，蜱虫有毒。之前被蜱虫叮过手指缝，当时没意识到是个蜱虫，直接揪掉了，导致吸盘折断在皮肉里，两个月了，还会痒。

跳蚤咬人后起的包一般都是一连串，整整齐齐地在一条线上。我一直不清楚，比如三个包，是咬一口起三个包，还是咬三口起三个包？

三口的话就是连环咬啊，那该有多嗨。还好我的皮肤对跳蚤不太敏感，顶多起一个小红点。大多数遭遇跳蚤的时候，也只是在被窝里蹦跶一晚上，很少对我下口。只是在睡觉时，跑到人家被窝练习弹跳，总是不够礼貌。

叶蝉名字很好听，雅致，长得也很精致，米粒大小，绿色和棕色比较常见，外形上，真的就是蝉的微缩版，只不过知了吸食树汁，叶蝉会咬人，指甲尖掐一下的疼。

瓢虫在玉米地里最多，咬人比蚊子叮的疼，这是我去年经过一片玉米地后发现的。

牛虻咬人最疼，夏天一到，咬得山里放养的牛都往回跑。皮肤容易过敏的人，被牛虻咬过之后，比被蜜蜂蜇的反应还大。上次朋友在山上被牛虻咬，差点住院。牛虻声音比苍蝇大，吸血比蚊子多，更讨厌的是，隔着衣服都能咬人。今天早上我捡了块梨木疙瘩，抱着往家走，有个牛虻就趁机趴在我的左肩上。我两只手抱着木头呢，没法拍它，就只好转头对着它吹气，呼呼呼，翅膀都吹翻了，还不放手。太可恨了，非要逼我先放手，于是我把木头往地上一丢，它就飞走了。

飞蛾倒是无害，只是每到晚上，就围着灯泡打转，眼花缭乱。扑火是因为飞蛾的趋光性，据说飞蛾的方向感是靠光源来导航的，朝着月光照亮的地方飞行，便于更加愉快地开启夜生活。只是人类学会用火之后，飞蛾依旧靠着原始的趋光本能，误认为火光就是月光。不过不是有进化的嘛，几万年了，飞蛾怎么还没分辨力？另外，恕我无知，谁能告诉我飞蛾翅膀上的图案是进化来干吗用的？还有蝴蝶、螳螂的翅膀。反正我看到的是，上帝的房间里，有好几套大小不等的油画笔。

前天我在菜地里，发现了一只癞蛤蟆。很久没见过癞蛤蟆了，虽然这家伙长得确实难看，但一想到它吃苍蝇又吃蚊子，也就觉得没那么难看了。不过癞蛤蟆一直都是丑陋的象征，因为这家伙老想吃天鹅肉。

小时候喜欢逮壁虎，目的是抓住之后，把它的尾巴弄断，然后看它的尾巴在地上疯狂扭动。应该是觉得挺神奇的，不用充电，也没有装电池，就会自己蹦跶的半截尾巴。但后来有一次，我六七岁的样子，在厨房的木门背后，昏黄的暖色灯泡的光照下，有一只很大的壁虎，我和之前一样伸手去抓，但那只壁虎突然转头伸着脖子，龇牙咧嘴，眼睛直直地盯着我，像咬人的恶犬那样，发出呜哇呜哇的叫声。我当时就吓坏了，赶紧把手缩了回去。那次真的是把我吓到了，直到现在，我都有一点儿怕壁虎。睡觉的时候平躺着，总觉得在房顶爬行的壁虎，会没抓紧掉到我脸上来。

如果数量不多，我会叫它蚂蚱，因为“蚂蚱”这个词的词性，不觉得有贬义。其实蚂蚱挺漂亮的，种类很多，大长腿，小蛮腰。只是一旦数量很多，就必须叫“蝗虫”。在人类的世界，害虫和益虫的分类，就是以食物为标准的，当我们说一个虫子是无害的，是说它无害于粮食，比如知了；当我们说它是害虫，就是在说它以农作物为食，比如蚜虫。善恶皆以“人”为中心，自古以来都是。天天吃我的粮食让我没粮食吃，那就是大反派，比如我的猫。

金龟子晚上容易飞进屋里，在那些围着灯泡乱飞的虫子中间，满屋子乱撞，嗡嗡嗡嗡——Duang！嗡嗡嗡嗡——Duang！撞门撞墙撞房梁，撞晕了就缓一缓，爬起来继续撞。Duang！ Duang！ Duang！ Duang！ Duang！ Duang！ Duang！ Duang！ Duang！ Duang！ Duang！ Duang！ Duang！ Duang！ Duang！ Duang！ Duang！ Duang！ Duang！ ……

蛐蛐的叫声很奇妙，尤其是晚上，这种声音，竟然是会让静显得更静的，我想大概是因为蛐蛐的叫声象征着一种情境，一种叫夏夜的情境。所以夏天，一个万籁俱寂的夜晚，如果院子里有一只蛐蛐在叫，那大概就是最好的夜晚了。

山居速写

猫

想象一根小木棍，拨来拨去，想象它会动。

看上去很无聊。

狗

冲一团纸发叫，用牙撕碎，厉害吧？然后叼一只鞋，满院子跑，放地上之后，再叼来另外一只。

鸡

醒来就低着头，找虫子，或者像一摊泥，趴在地上，晾羽毛，晒太阳，长肉。

鸭

没注意过它，与其结缘，只是因为它生来向上弯的嘴巴。

鹅

扇动翅膀，练习飞，头扎在干涸的土地上，想象水。
这只死性不改的大鸟。

松鼠

会沿着树枝，蜻蜓点水。
会笑。

屎壳郎

溺水十几天了，还在挣扎，你就装吧……

牛虻

快活于牛背，猝死于苍蝇拍。

喜鹊

落在门楼脊梁上，然后沿着墙，跳到地上，走起路来，尾巴左右摆，叫起来，似泼妇骂街。

知了

这个夏天，万只蝉鸣，只有一只，以卡壳的悲剧，拒绝平庸。

蝈蝈

母的不会叫。

这说明，男生追女生，是天性。

不知道名字的鸟

叫声像吹口哨，像阳光灿烂的日子里，围蹲在街头墙角，冲着白裙子吹的流氓哨。

蛇

其实，蛇遇到危险时，爬行速度超快。但这条柠檬黄黑斑蛇，快被我踩到了，还慢悠悠匀速堵着路。

说明它很藐视我。

飞蛾

飞蛾扑手机。

三只蚂蚁在打架

其中一只，被另外两只夹攻。

地狗子

生活在土里，植物的根部，偷吃花生、红薯之类植物的大反派。

生活在土里，想想都很嗨。

……

叫凤霞的鸡

所谓“拟人化”并非都是艺术表现，比如凤霞的憨厚和红艳的泼辣，差异就明显体现在外貌上。甚至仅凭面相我们就能看出一只狗的性格。然后你发现，拟人化，其实是动物和人之间共有的那个“动物性”。而人性本身，就是动物性。

妻妾成群

两只公鸡，一只母鸡
那么其中战败的一只
就会被孤立
两只母鸡，一只公鸡
那么这两只母鸡

就会成好闺密，形影不离
一窝母鸡
一只公鸡
这样公鸡就有了公鸡的范儿
母鸡就也有了
炖鸡的味儿

少女鸡

母鸡第一次下的蛋
蛋壳上是有血的
往后的鸡蛋就白白净净了

据说在农村
有些妇女生到第三胎、第四胎时
上午生完下午就能
下地干活了

母鸡第一次下蛋之前
冠子的红
会比往日鲜艳

1

我有五只鸡，一只公鸡，四只母鸡。这种比例，母鸡明显很母鸡，公鸡很公鸡。它们很幸福，醒来就低着头找虫子，或者像一摊泥，趴在地上，晾羽毛，晒太阳，长肉。

2

最先有名字的是一只不太合群的鸡，叫凤霞。凤霞总是独来独往，我很想了解它。

朋友说给其他鸡也起上名字吧，我说好啊，农村的鸡，得起点儿农村的名字，比如翠红、兰英什么的。毛色鲜艳，双目圆睁的，叫红艳吧，听上去很泼辣。柔软一点儿的，叫玉珠，像小妹。每天和大公鸡眉来眼去的，叫春花，很风骚的婆娘。大公鸡呢？果真雄赳赳气昂昂，很霸气，叫雄霸吧？熊霸？不行，不够屌丝。还是叫建国吧。

建国是我们村最雄壮的一只公鸡。

3

刚盖好鸡窝那些天，建国是自己睡的，每天晚上母鸡们进了窝，它就自己飞到后院墙角的棚子上去。弄得我每次都得找它，把它抱下来，推着屁股塞进鸡窝。刚开始建国这家伙扭扭捏捏，觉得怎么说也是个老爷们儿，怎么能和一群母鸡住一起？被强制关了几个晚上之后，就尝到甜头了，像是男车间主任到了女员工宿舍，很快就和婆娘们打成一片。从此以后，每晚休息之前鸡窝里都是建国和婆娘们打情骂俏的淫声浪语，好不欢喜。

4

很奇怪鸡是靠什么辨别人的。小时候我家的公鸡被村里邻居偷过，跑出来后，每次那个邻居从我门口路过，建国都会冲上去啄。有次阎洲来山上小住，大公鸡带着母鸡进屋吃粮食，我在里屋写字，就让阎洲把鸡赶出去。平日威风的大公鸡，被陌生人轰出去，还撞在了门槛上，着实丢人丢大了。重要的是，母鸡也都在旁边看着，在“女人”面前丢人，实在不能容忍。之后，阎洲每次上来，大公鸡都会冲上去啄。

5

大公鸡虽然爱啄人，但和它的几个婆娘关系很好。只是有只鸡似乎总是被它和它的其他几位老婆排挤。大家在院子外面吃虫子都不带它。其他三只母鸡也动不动就欺负它，我觉得它好可怜，叫它凤霞。

凤霞总是独来独往，别的鸡吃完了它才去吃。我平常会多照顾它。

6

我觉得凤霞长得不差啊，丰乳肥臀，多有母鸡味儿。比那几个婆娘身材都好，眼神也柔软得多。真奇怪大公鸡不喜欢它。这个没品位的蠢货，回头我得找它谈话。

7

最近见凤霞不太好好吃东西，离近看我才发现，背上被老鹰抓了，翅膀两边的毛都掉光了，背上的肉都翻了出来，真像只烧鸡了。还好，都是外伤。凤霞之所以没被抓走，应该是吃得太胖，鹰爪给累脱臼了，也蛮拼的。我给它喷了消炎药，现在已经康复了。

8

邻居家有只母鸡，我来的时候，它就已经有十一岁了，相当于一个九十岁的老太太。太老了，走路都是匍匐前进，没人愿意吃它，它就活了下来。去年十一月，这只“老太太”在睡梦中离开。

它来过，我给它拍了照片。

9

如果不是天灾人祸，建国和它的婆娘们，应该也能像邻居家那只母鸡一样善始善终。人生一场，能够善终，就是福报了。

叫幼婷的鹅

会哭的鹅

本来是洗羽毛的
先辈们飞起来的时候
在碧空如洗的天空中
像一朵朵移动的云
而地面的尘土
从来就不属于
飞翔的大鸟
这下好了
池子里的水
比泥土还脏

胸口染上的一块黑，滴着腥臭的绿

刺痛着你的白

你哭起来

和我中学时

剪短了的头发一样

1

刚开始住进来的时候，一个人住老宅子，多少还是会有点慌，就从邻居家借了只鹅做伴，有个动静。可是这只鹅太难处了，性情暴烈，见人就扯着脖子啄。养了狗之后，这只鹅就给还回去了。

后来添了只小母鹅，很羞涩，女神从小就很女神。

2

要是只养一只鹅，它就和人特别亲近，随便抱随便拿，走哪儿跟哪儿。但是要是有两只鹅，或者即便是给它一只鸭子做伴，它就再也不会理你了。于是你失望地发现，它根本不是爱你，而是地球毁灭了，世界上就剩你一个人可以依靠，所以才爱你。

3

一只鹅虽然容易跟人亲近，但太孤独了，总是跟鸡混在一起。明年给你添个伴吧，添两个，锵锵三人行，给你添个窦文涛和许子东。

好吧，鹅姑娘，你有名字了——幼婷。

4

养鹅要像养鸟一样小心伺候，因为鹅只记得你对它的坏，不记得你对它的好。你每天都小心伺候它，哪天它犯错误把菜吃了，你吼了

它几声，它以后就再也不靠近你了，你之前对它的好会被全部推翻。这点就不如鸡，鸡是那种没脸没皮的，打也好，宠也好，都记不住也不往心里去。比如在做饭时鸡偷偷进屋啄菜叶，你就把它们连哄带吵赶出去，但刚转过身，又会进来，反复几次都没用。

5

现在你躺着时，鹅就会卧在你旁边，让你给它梳理羽毛，按按摩。人是可以做到像童话故事描写的那样，张开双臂，森林里的小鸟就会落到你肩上。只是让一只鸟解除对你的防备去依赖你，需要爱，需要长久的耐心。

6

蓝蓝生病不在了，最近幼婷和土豆走得比较近，相依为命，挺好。

7

前些天买的鹅被鹰抓走了，昨天又买了两只小鹅。走哪儿跟哪儿，一定是把我当妈妈了。

叫土豆的狗

我的两只狗，与之结缘快三个月了。两个小朋友算是同岁，公狗叫“土豆”，中小型犬，个子比较小，单纯木讷，憨痴可爱，是山下朋友老王从黄良镇带到这个院子的。母狗叫“蓝蓝”。老孟从蓝田拿回来之前我并没打算收留这只小母狗，总是觉得母狗太麻烦，到了交配的年龄动不动就生一窝小狗，实在无处安置。而且到了发情期，能把全村的公狗都给招来，太不雅了。但是那天蓝蓝被带回来后，被送到两家，邻居都嫌弃性别没有要。算缘分吧，我就留着了。当时想着这个忧郁的小姑娘，长大后限制它的交配便是，让它老了都像个小姑娘。

蓝蓝应该是个头中等偏上的土狗，所以虽然同岁，却比土豆明显大一圈，能想象出成犬以后，两个站一块的比例应该就是曾志伟和林志玲。蓝蓝天生长得好，很傻很天真，永远一副很无辜的表情。嘴角有颗黑痣，上眼皮有一条浓重的眼线，一直延伸到后面。性格温顺、内向，但嗨起来也是古灵精怪，做土豆的女朋友，有点儿委屈了，属于典型的屌丝配女神，痴汉配贤妻。

天气好的时候，它们两个会在开满野花的草地上撒欢奔跑，跑累了就假装摔倒，在地上滚一圈，然后前腿向前伸，后腿向后伸，肚皮贴着地面，吐着舌头大口喘气。就像我们小时候拿着木棍玩打仗的游戏，玩累了就四肢一软，假装中枪摔倒，然后躺在地上静静地看着天。

让人惭愧的是，每天早上我拿着铁锹去铲鸡屎、鹅屎的时候，土豆——这个重口味的男子，都会冲上去挡在我前面，用牙齿扫荡干净。

可能是因为“先入为主”，土豆在家的地位明显要高一些。比如吃饭的时候，从来都是土豆先吃，蓝蓝在一旁卧着看，看到绝望时，就闭上眼睛睡觉。等土豆实在吃不下了，离开了饭盆，蓝蓝才站起来走过去吃剩下的部分。这种关系直到昨天开始反转。

昨天我下山去美院买画材，在朋友家待了一晚，今早回到家，发现有些不对劲。土豆一见到蓝蓝靠近，就夹着尾巴躲到屋子里，拽也不出来。更反常的是，我倒了半袋锅巴在狗盆里，它只吃了一片，见蓝蓝走过去，就夹着尾巴退开了，离得远远的，看着蓝蓝吃。我问邻居，老太太说昨天过来帮忙喂狗时听到两只狗咬架，大狗追着小狗咬。于是我才想到，一定是土豆被咬败了，不知道蓝蓝的反扑怎么突然变得那么凶残，土豆受了很大的刺激，以至于我回来很长时间，它还在门口瑟瑟发抖。也是，它一定是无法理解，这个关系怎么突然就反转了呢。

它不知道，蓝蓝长大了。狗的世界，不像人的世界那样充满变化，

狗舍

打不过你可以动用手段或权力，屡败屡战的斗志上也算英雄。但狗要是被咬败一次，就会永远臣服，再也翻不了身了。我坐在门槛上，看着土豆老老实实地蹲在旁边，眼神里的光，明显落寞了很多。

叫郑佳的狗

1

“郑佳”是去年同学送来的狗，同学叫郑佳，所以就叫它“郑佳”了。其实本来叫牛牛，但陕西话里，牛牛是男性生殖器的意思。我整天“牛牛”“牛牛”地喊，太淫荡了，当地人听了，不得把全村婆娘和女儿都藏起来。

这很有意思，对名词含义的认识不同会产生不同的景象。所以即便我觉得牛牛很好听，挺可爱的，也得考虑入乡随俗。

2

城里养大狗有很多不便，遛狗都是个麻烦。大狗在人群中，会对路人造成害怕的心理压力，即便是主人强调说不咬人，但人还是会有很不适的紧张感。所以就只能关屋里，据说郑佳来之前，天天在地下室关着，长到两岁，连奔跑都没试过，快精神分裂了。所以刚来的时候，这只可怜的狗，眉头紧锁，一脸焦虑。不过，在山上撒欢跑了一个星期之后，眉头就慢慢舒展开了。

3

刚上山的时候，郑佳没见过鸡，追得鸡满院子跳，鸡毛就像一片片纸飞机，在天上飘。我揍了它一顿，它就不再招惹鸡了。改去追猫，喵星人都快吓尿了，爬到树上半天不敢下来。

我又揍了它一顿。

4

送来时，同学嘱咐说：“我家狗狗爱喝水，记得每天喂水。”我说：“好。”同学说，“还有啊，我家狗狗只吃放了调味料的面。”我说，“好。”

一个星期之后，郑佳就开始吃麸子皮了，干挂面丢一把都嚼得嘎嘣嘎嘣响。男孩子嘛，要穷养。

5

这大概是我见过的最聪明的狗了，我觉得它的身体里，像是被封印了一个人。它会用爪子开门，用嘴把毯子铺展开，懂得看人的脸色，眼睛会说话。更让我意外的是，它竟然有羞耻感。山里嘛，风景好的地方都可以是厕所，我也是随地小便。后来我发现，每次我方便的时候，它都会把头转开，这让我很尴尬啊。并且只要我脱光了冲澡，它就会转身出去卧到很远的地方。

6

郑佳三岁了，土豆半岁。蓝蓝不在以后，土豆落寞了很长一段时间，头搭在门槛上，头搭在石头上，头搭在鹅背上，头搭在板凳上……

从阴影里走出来之后的土豆，偶尔会想和郑佳玩，可郑佳觉得土豆是个小屁孩儿，代沟啊，每次都会一脸不快地走开。于是，土豆就只能继续找鹅玩。最近我买了两只小鹅，鹅姑娘有小鹅做伴了。所以土豆经常头搭在门槛上，头搭在石头上，头搭在鹅背上，头搭在板凳上……

7

刚来的时候，郑佳每天都会站在山顶，望着长安城。现在主人来看它，它都已经不会再目送了。

它应该也会懂，自由比吃肉更重要吧。

猫，这种动物

我已经记不大清以前对猫的偏见了，大概是认为猫很诡异，只是记得，以前是很不喜欢猫。刚毕业那会儿，在山下的出租房养过一只小猫。一定是因为它长得太漂亮了，像个小女儿一样。叫起来软软绵绵，像是撒娇，很有杀伤力。那是我养的第一只“宠物”，每天陪它玩，还给它洗澡，很新鲜，所以很用心。只是这只猫命运不太好，带到山里跑，吃到药，死掉了。

后来在山上住下来以后，邻居家有猫刚好生了猫宝宝，我就挑了一只做伴。就是现在这只黄色的猫。它是我院子里唯一没有命名的小动物。很奇怪，我们见到狗，一般会叫它的名字，一见到猫就会叫“咪咪咪咪咪咪……”于是还没来得及起名字，“咪咪咪咪咪……”就成了惯性的称呼，很难再改口。

所有的生物，小的时候，眼神都是一样的。像小鸡、小鸭子、小狗、小猪、一两岁的小宝宝，包括植物刚结出的果子、小花苞，都是懵懂天真，可爱至极，有时候都想挠一挠。刚结出果子的番茄宝宝，婴儿般娇嫩，捧在手里，心都碎了。小猫刚带回来时，也是这样。

它的童年算是很受宠的，整个秋冬都在屋里睡。晚上怕它冷，我在自己的床底下放一个盒子，把毯子折成软软的床垫，让它卧在里面。吃饭的时候，也会把面条分一些给它吃。我在院子里晒太阳，它就趴到我腿上，伸懒腰，打呼噜。稍微长大点儿后，我觉得它应该能够独立了，不应该再卧到我床底下了，并且我早上醒来总得给它扫粪便。卧室里有猫屎的味道不说，天热了，跳蚤也会被它带进来。于是我开始试着让它自己在院子里睡。

猫和狗不一样，土豆和蓝蓝冬天时也在屋里卧，后来不让它们进屋，只是大声呵斥几次，它俩就懂了。门槛的存在，就像一个屏障，它俩再也没有跨越过。但猫不像狗那样有原则，每天我把它轰出去，一转身它就又钻进来。拿着小竹棍赶它，它还得意地蹿来躲去，就好像真的拿它没办法。直到有一次我恼羞成怒，把它堵在墙角，狠狠地抽了几棍。现在想起来，那次我下手很重，应该是带着恨的。那种恨，像来自一个暴君的霸权。

从那以后，猫和我的关系就稍微有了点距离。它开始有点怕我了。

最终失宠，是因为吃的。猫和狗真的不一样，假如同时有一根火腿肠和一个馒头，狗吃不到火腿肠，会低头吃馒头。但猫不行，猫只要吃不到火腿肠，宁愿饿着，也不会去吃那个馒头。并且，对火腿肠的惦记，像急红了眼的恶鬼，撕裂着叫，两眼放光，感觉随时都会控制不住扑上去。那姿态，实在太令人生厌。而且，当猫开始尝到火腿肠的滋味后，就再也不想吃馒头了。

结果就是，猫开始不好好吃喂它的食物，整日惦记着我炒的菜、鸡蛋、肉，开始偷吃。好几次我下山买了点儿肉，自己还没吃到嘴里，转眼的工夫，就被猫拖到地上了。我没有什么办法，就是打。可是猫

这种动物，面对肉的那种穷凶极恶的渴求，是失去理性的。狗的话，揍一次，就不再偷吃了。猫的话，只要打不死，就偷吃。所以它越偷吃，我越气急败坏地揍它。直到有一天，揍得我都绝望了，开始无奈地把它拴起来。

养猫本来是防老鼠的，最后老鼠是没了，猫却成了比老鼠更可恨的角色。

我想猫应该也是不想在我这儿待的，只是就像被家暴的妇女，她们不知道离开那个家后该去哪儿，比起家暴，她们更怕未知。

相由心生，现在猫被鹅欺负，被狗欺负，被鸡欺负，我也不待见它，于是，它就长成了这种焦虑的模样。它现在和我的关系越来越远，没有离开，仅仅是我这儿还能有口吃的。我也想过将它送人，因为猫这种动物，只能富养，最好是一个爱猫的小女生把它抱在闺房里，睡柔软的床，每天给它吃火腿肠。但就像走到尽头的情侣要分手，真的下决心要将它送人时，却又舍不得，想起它曾经让我心疼过的样子。

花花草草

花花草草

“花花草草”这个词很厉害，一般只有两种语境这四个字才会同时出现，一种是带着不被理解的轻薄，比如，“你看那个人，整天不务正业，天天摆弄一些花花草草。”另一种是有点理想化的沉醉，比如“我不喜欢在城里待，就爱进山玩，和那些花花草草一起生活。”两种语境，都很特别，写幅字挂屋里，有禅宗的气息。

蜀葵

每年院子会有很多蜀葵，可能是叶子口感太差，这是鸡鹅唯一不吃的花。蜀葵的种子呈“蒲扇”状，干燥，有黑色的仁儿，大概也是口感不好，所以能躲过鸡鹅的扫荡。蜀葵的繁殖能力很强，并且有萝卜一样深的根。

院子里野生的蜀葵大多都是红色或粉红色，偶尔在远处遇到白色的，我就会把它栽到院子里繁殖，可能我是男性的原因，总想尽量避开粉红色的装饰，也或是白色的蜀葵的确雅致。我还遇到过一株开黑色花的蜀葵，很是惊艳，它的美和粉红的甜美、白色的雅致不同，它的美在于，这么多蜀葵丛里，它最黑。

苋菜

每年菜地里长出的草，有一半都是可以吃的，其中马齿菜和（绿）苋菜最多，以至于每次除草，都有种破坏粮地的感觉。

大概是为了适应野生环境，能在各类杂草中存活，野生苋菜繁殖起来，和很多杂草一样，都带有极强的侵略性，如果不是连根拔起，两场雨过后，就能比菜地里的蔬菜高。换个角度来说，就是能把我的菜都吃掉。

也是由于适应环境的改变，野生苋菜比种植的苋菜长得都要生猛，明显肉厚很多，纤维也粗，有韧性，耐旱，有嚼劲，清炒、下面条都很好吃。相比起来，种植的苋菜，就像大棚里长出来的软薄小叶，毫无苋菜口感。

今日除完草，我便将苋菜都挑了出来，洗净焯水晒干做成干菜，按理，肉厚有韧性纤维粗的青菜晒干，焖肉很不错。

换个角度来说，就是，我能把它们也都吃掉。

紫苏

内院靠墙有一窝薄荷，是我在花市花十块钱买的，买来时只是一小盆，饭碗大小，塑料盆破了，我就把它种到了地上，没想到隔了半年，就繁殖了一块薄荷田。

有地就是好。

紫苏更是厉害，山下吃农家乐，发现一窝紫苏，就拔了两株带回家种在了院子里，仅两年时间，现在整个院子大片都是紫苏，繁殖了两千株都不止，这还是无意的自然繁殖，如果有意去撒种子，一株紫苏，三年就能繁殖一亩地。

有地就是好。

薄荷

院子里那窝薄荷，也是多灾多难，每次长出一片嫩芽，鹅就过去啄个精光（鹅好像很爱吃薄荷）。不过薄荷坚韧，两年了，每次被吃得光秃秃的，一场雨过后就又长了起来。鹅也执着，趁我不注意，再找过去，吃个精光。然后那窝薄荷，养精蓄锐，隔了一段时间，继续卖力生长，最后又被鹅啄个精光。打不死的小强。

不过现在好了，鹅被赶到院外，不准再进内院了。

鱼腥草

鱼腥草，以前在云南吃过，凉拌蘸酱，本地并不常见。据说贵州人也爱吃，叫折耳根。第一次吃折耳根的记忆，只有难以下咽的腥臭味，如果不是蘸酱的辣淡化其味，估计第一口我就吐掉了。但一说鱼腥草祛热除湿，健胃消食，我便每次都会强忍着多吃几根，久了竟然很是喜欢，觉得爽口。

和苦瓜一样，那个与生俱来的苦，并不讨人喜欢，但带着清热解毒、降血糖的目的吃的时候，就没那么难以下咽了。

中午喝了点鱼腥草泡的水，很是意外，不但没腥味，竟然有茶香。于是想起山下尼姑庵后院挨着河道，有一窝鱼腥草的事，便骑着摩托车过去挖了几株回来。

希望能栽活，明年长一片。

山花烂漫

1

我发现野花总是更好看一些，后来意识到，其实是因为温室的花太常见了，审美疲劳。我们对常见的东西都不太敏感，就像鸡、鸭、鹅见多了，满院子跑，也只是视作家禽、宠物，偶尔看见，顶多是新鲜。但要是养只丹顶鹤在院子里走动，明显就会感到一股仙气，让人荷尔蒙激增。神秘的陌生感，给人带来的不只是新鲜。

就像花园里的月季，我们都见过。但若是墙角里开出几朵雏菊，就动人得多。

2

平常院子里长出草来，我会把那些叶片比较大，或者长出后个头比较高的草除掉，比如艾蒿、山萝卜。这样细而软的小草就有更好的养分和空间生长，一年两年，就可以有自己的草坪了。最近院子附近长出好几丛木槿花，很漂亮。颜色种类不一，白色、红色比较多，黑色的也见过。我是后来才知道，这种叶片又大长得又高的植物是会开花的，遗憾之前被当作杂草除掉很多。

现在我再看到地上有大叶片的木槿冒出芽来，就会给它浇浇水。

3

花和甜品一样，让人有幸福感。我之前以为这应该是所有人的美学，后来发现并非如此。不同层次的审美对同一件事物的感受也是不同的。比如一件旧农具，一把木锨，有人觉得它美在做工扎实，“用了这么多年还没坏”；有人却觉得它美在“旧”“岁月”和写满“农耕文明记忆的包浆”上。

花也是。五月的山里，常会遇到那种大面积的小野花。之前后山坡上就有一片花海，星星点点的小黄花，像漫山遍野的萤火虫，美极了。但过两天再去，就被山里村民给割光喂牛了。同样的花，我以为如此童话的场景，是人都会为之感动，但在村民眼里，却只是一片野草。

他们只有看到菜地里的洋芋开花了才欣喜。所以我觉得，人类对美的不同感受，应该和饥饿有关吧？

4

饥饿美学。

我问我婶，一个中年男人的啤酒肚有什么美感呢？我婶说：“气派啊！”“气派”对于她来说，高于传统审美标准里的“美”（五官标致之类），成了她视角下的正常审美。这种审美其实是源于那种对权力的饥饿感，20 世纪 90 年代男人将西装裤勒紧白衬衫，BB 机、大哥大挂着皮带外翻，就是源于那种对权力的饥饿感。就像现在有人觉得包着土豪金的建筑好看，是源于对金钱的饥饿感。而农民把漫山遍野的野花割草喂牛，只欣喜菜地里那些能够结果子的花，是源于对粮食的饥饿感。

5

老龚家的麦田里长出很多像满天星的玫瑰红的小野花，我摘了好几枝拿回家插在花瓶里，美美哒。朋友看到说这种花她见过，花店里包装一下，一束起码要两百多元。隔段时间下山路过那片长满野花的麦田，发现那些花已经被剔干净，堆积如山，全部扔在路边了。老龚肯定不知道，这些草卖给那些城里人，够他几年的粮食钱了吧。

6

美，是可以被灌输的。我前段时间听到一个定义，差点儿把我对花的审美打乱，害得我费了很大的劲儿才重新捡起对花的爱。

说植物是头朝下生长的，根部是大脑，花其实是植物的生殖器。你想啊，趴在一朵花上闻，相当于在闻花的生殖器啊！呃，太猥琐了，一想到闻花的人那享受的表情……

不能再继续了，逻辑是个坑。其实定义可以是陷阱，也可以是武器。自圆其说，就是一个定义压制另一个定义了。定义可以毁灭美，也能凭空制造美。楚王好细腰，细腰就美；清人好小脚，干尸一样的畸形小脚就美得让人心动；美国推抽象，有人就能对着一张白布“共振”；欣赏书法用现代艺术的逻辑，就会致敬井上有一。那么美到底是什么？是可以人为捏造的吗？对与错、善与恶都是可以被定义的吗？

不过是闻一朵花，很多事情都变得复杂了。

7

植物也是喜欢群居的，山里的野花，都是一片一片的，这样就能更好地抵抗风。但文学艺术里最动人的花，都是满目空寂里不经意间意外发现的一朵，冰山雪莲，空谷幽兰。并且大片花的悲剧是，让人想采摘。而荒野中仅有一朵的惊喜，一般都不大忍心去折断。

8

糯糯说她喜欢那种微胖的身材，圆润、饱满，有幸福感，就像牡丹。

9

摘花被蜜蜂蜇了……这个故事告诉我们：路边的野花不要采。

嘉陵，我的摩托车

——嘉陵，不只是它的牌子，也是它的名字。

1

我的摩托车，跟了我三年，是在鱼化寨二手车市场花了一千三百元买的。刚来的那年，上山都是走着，下山买一次粮食，都要爬上两个小时。有了摩托车以后，爬山的时间就缩短了。

2

我是比较喜欢骑摩托车的，轻便，驾驭起来和身体同步。尤其是山路相对比较窄，摩托车的性能优势就更凸显。只不过在冬天骑摩托车，就不太方便。不过还好，冬天我一般在冬眠，不下山。

3

有时候朋友来玩，回去比较晚，下山的时候我会送一段。嘉陵的后座坐过东旭，这个胖子，压得嘉陵差点儿罢工。坐过阎洲和葱哥夫妇，葱哥在后座，叫得像坐过山车。这几年，嘉陵的后座，坐过很多人，坐得最多的是糯糯。

4

这种款型的小摩托，据说上山都很困难，但我的嘉陵，这个老牌子的小马达，开起来像越野一样。六十度的斜坡，小二挡，轻轻松松就上去了。于是你发现不管是老的工艺，还是老的工业，做工都很用心，就像我大门口那把“华山牌”的老锁，鸡蛋大小，沉甸甸的，前天钥匙给弄丢了，我拿锤子去砸，铁棍都砸弯了，锁芯还没弹出来。我只好动用切割机，一边切锁把，一边致敬老锁匠。致敬那个不浮躁、不投机的时代。

5

有时候带的东西多了，会有点儿心疼我的摩托车。刚上来铺水泥地那次，我用摩托车往山上驮水泥，来回十几趟，握扶手的胳膊都累得酸疼了。摩托车更是持续过量地负重，像头累倒了的老牛，一下苍老了许多，突突突的声音都没有之前响亮了。后来我专门带它做了一次检修，换了机油和链盘，矫正了前刹车，才算精神抖擞了一些。

6

嘉陵车头前面的车篮，从买回来的时候就是有裂缝的。刚开始，可以漏个葡萄，后来买的西红柿会漏掉，现在买个西瓜放里面都会漏掉。作为一个盛货的车篮，本来就已经这么不堪了，上次又给摔了一下，车扶起来后，正方形的铁丝篮，被压扁成了三角形，左手的后视镜也给摔折了，这下真的连偷车贼都不会惦记了。不过，嘉陵，我的摩托车，看上去更酷了。折弯的后视镜、压扁的车篮，还有那放荡不羁的突突突的发动机，一看就是个有故事的摩托车。

7

我的摩托车，和我一起经历过很多，有次油耗尽了，我推着它去加油，推了两公里，一路上我都在埋怨它。今天看见它，突然想给它写篇记。我的摩托车，和别的摩托车不一样，我已经认识它三年了。

小菜园记

——给植物浇水的时候，是能听见它们喝水的声音的。我拿着哗啦啦喷流的水管，站在菜园里，像是给幼儿园的小朋友分糖吃。

前天北京来的朋友问我，为什么要住在这里呢？我说你看，其实这就像北京的天。说北京前些天突然有了难得的蓝天，然后所有人举着相机对着天空，节日一样狂欢，还有人为此命名“昂山素季蓝”。然后你就觉得这种狂欢与欣喜挺荒诞的，因为那种蓝，早三十年，是常态啊（当然，我说的不是昂山素季蓝，我说的是蓝天的蓝）。只要晴天，京城的天都是这么蓝。

碧空如洗，那是它的本来面貌。

小时候挺爱吃西红柿的，我妈妈种的西红柿结的跟葡萄一样多，做茄汁面啊，锅里翻两下就成番茄酱了。或者摘下来用衣角随便擦一下，直接咬，肉嫩汁多，一口咬下去，吸溜吸溜地美。或者撒点儿白糖腌一下午，然后端起来咕嘟咕嘟大口喝番茄汁。后来不知道什么时候，西红柿没有西红柿的味道了，从菜市场买了西红柿做茄汁面，面条都煮碎了，西红柿还是一疙瘩一疙瘩不会化。白糖腌上一天都喝不到两口汁。拿着啃，更不用说了，有可能硌到牙。最主要的是，西红柿香甜松软的鲜味找不到了。

饮食节目上美食家对一只炖鸡的最高评价是，“这只鸡，很有鸡味”；

对蜂蜜的最高评价就是，“纯度比较高”；对鸡蛋的最高评价是，“蛋清黏稠，是土鸡蛋”。

我觉得最可悲的事，莫过于终其一生，一直在把假象当真相。

只是因为很多年都没有人再愿意浇水施肥去种植西红柿拿到市场叫卖，所以能吃到小时候吃的西红柿，会感到欣喜。本来就是这个味道，所以正常的才会变成异常的。所以为什么不去工作住到山里，也就无须多言，植物本来就会歌唱，生活本来的样子就是这样，没什么稀奇的。

“五百年前，他生长的地方，每个人都和他一样，自由和爱，是生活的全部。五百年后，他回到这里，却成了一只奇珍异兽。”

挖荠菜

在我吃过的野菜里，荠菜并不香，并且也没有蒲公英那种明显带有苦味的个性，但我很喜欢吃，估计是因为口感，很难嚼，跟吃草一样，有种做羊的幸福感……咩。

每年三四月，我都会在附近找一块藏着荠菜的草地，挖上一小筐回家吃，有时炒鸡蛋，有时焯水凉拌，或者有时偷懒直接下面条。只有人多的时候，才会围在一起包饺子，由于费工费时，这大概也是饺子在民间会被作为待客主食的主要原因。

越是费工费时的准备，越表重视。话说浪漫也是如此，简单的事情复杂化就是浪漫。比如，求婚时在本地买一束玫瑰，对她来说就远远没有精心策划专程跑到地球的另一边，耗尽车费、体力，买一束生长在法国土地上的玫瑰送她更让她狂喜与满足。所以你看那些特别有张力的爱情故事基本都是女生不断地给男生制造困境，把生活中很多本该轻松，可以直线达到的事，设置很多障碍和陷阱，让男生在到达的过程中翻山越岭，斩虎杀龙，历经磨难，最终筋疲力尽之后，给你一个甜蜜的拥抱，同时满足两人王子救公主的存在感。

越是费时费工就越表心诚吗？佛陀就是这样炼唐僧的。

记得朋友说，一般往年种过麦子的地里会长荠菜，我就拿着小篮子和小铲子，找了一块觉得“应该会有”荠菜的地，操作了一遍，但转了两圈发现，都是骗人的，永琴家这块地，一株荠菜也没有。后来我看西昌兄写的荠菜的文章，说“荠菜多生于路边、渠垄和田间。路边顺风，荠菜也就色泽深沉，相对显老；渠垄近水，荠菜多鲜嫩肥美，体形硕大。生于田间者，因有麦苗掩蔽，受光调节，生长匀速，故而味道最好”。

听起来似乎有些道理，因为我发现，近水，或常被人踩的地方的确容易长荠菜，比如我院子里每年都长很多。

在长荠菜的地里挖荠菜，很有做梦捡硬币的快感。每看见一株，就会有种被点亮的欣喜。有时候看见一窝好几株，一瞬间就像是有光打在那些荠菜上。

挖荠菜和吃荠菜，快感不同。大概是因为带着“挖荠菜”的目的，而进入的一场“专注采挖行为”，所以在“发现”荠菜时，就会有被点亮的欣喜。捡破烂的老汉看到一个地方丢有一大堆矿泉水瓶子时的快感，跟寻宝的海盗看到一堆金币时的快感，程度是差不多的，都是“发现”了自己最想要的东西。这也是如果发两百元的红包，五十元发四个，比直接发一个两百元的更让人开心的原因，收到红包时的那声响，就像超级玛丽顶蘑菇，神庙逃亡吃金币，叮叮当当，叮叮叮叮叮叮叮叮叮叮叮叮叮叮叮叮……不停地被点亮。

注意力很有意思，当你去侧目的时候，所有的事情都正在发生。记得我以前不认识柴胡，就从来没见过柴胡，认识了柴胡后发现，到处都能看见柴胡。我有个朋友，常来找我玩，开车载我去附近峪口转。每次我到一条没走过的路，眼睛就会盯着长在坡上的树看，偶尔会捡些木头，或挖棵小桩材带回来。久了，这个朋友也熟悉了其中之奥妙，前天责怪我，说现在把他给带的，开车都不看路了……

一般靠路的斜坡上，会长很多肥大的荠菜，每次我都是只顾低着头顺着找，一抬头才发现，走了好远。想起一个段子，说珠穆朗玛峰最年轻登顶纪录被一个十三岁的女孩刷新，她本来没想要爬的，只是走在路上低头玩手机，一抬头就在山顶了。

专注起来没时间，采蘑菇的小姑娘，就是这么走丢的。

有一年我带奶奶来山上避暑，住了一段时间，刚好那段时间是核桃成熟的季节，奶奶特别兴奋，每天都拄着小棍到斜靠山坡的核桃树下打核桃。我当时特别生气，说：“这太危险了，你要想吃核桃，我给你买几斤，你都八十岁了，走路都让人担心，要是出了什么事，我怎么向我爸交代啊！！”（我很少用感叹号，这次一下用了两个）但她不听，早上起来刚坐一会儿，就假装无聊，说想去附近邻居家转转。到中午回来，就用衣服包了一兜核桃，远远走来，难以抑制地笑。一个多星期，她打的核桃，用装粮食的口袋装了满满一口袋，有四五十斤重。

那年夏天，本来是想让她待久一点，但因为核桃的矛盾，半个月不到，我就把她送回去了。

那天在火车站，烈日灼肩，我扛着一袋核桃，后面跟着个佝偻蹒跚的老太太。我扛累了就在地上拖着，一路走一路埋怨，实在想不通，核桃哪儿不能买？非要让我从山上扛下来送到河南！

整个过程，我努力调整着自己的不满，尽量舒展眉头，跟她聊天。直到检完票进站，在地上拖久了的口袋，磨破了支撑它的最后一层皮，在进站台时终于炸裂，圆滚滚的核桃从袋子里滚出来，像弹珠一样铺满了整个楼梯。

我当时因为生气，很难理解她，其实在奶奶来到山上，听说这山上有很多核桃树的时候，内心应该就做了一个换算：驻马店买一斤核桃十几二十元，就说明一个核桃起码也有几毛钱了。那在我奶奶的心里，这漫山遍野，都是一毛一毛的钱挂在树梢上啊，那迎风晃动的核桃果，就像叮叮当当的摇钱树，对于一个穷人来说，这种便宜捡起来，绝对比任何采摘都更有吸引力和快感啊。所以相比我说的，你想吃，给你买几斤的做法，简直太粗暴了。

而荠菜好吃，或就在于“采”。

有关榆钱

榆钱应该是榆树的种子，圆形，薄薄的一层皮，包着一个瓜子仁大小的核。榆钱长得像铜钱，又跟"余钱"谐音，古人为了让生活更阳光一些，会用很多谐音臆想成富贵或者吉利的话自我催眠，以至于在谐音的关联上，脑洞开到令人发指的地步。比如，我们一家人都不喜欢吃鱼，但每年春节还是一定要买两条，并且越大越好，大得想清蒸都装不进盘子，大铁锅也按不进去，最后每年都只能是切切剁剁炸成鱼块。我爸说："年年有鱼（余）嘛，越大余得越多。"

之前看过一篇帖子，好像是吐槽一本清末民初整理的《吉祥图案解题》，比如画两个柿子、一个如意，就是事事如意。一棵柏树、两个柿子、一个如意，就是百事（柏柿）如意（我觉得可以省事一些，画一瓶百事可乐和一个如意）；一只豹子，顶上飞着一只喜鹊，就是报（豹）喜图。

豹了换成獾，就是欢（獾）天喜地；画只蝙蝠和一个桃，叫福寿双全。一只蝙蝠和一个带眼儿的铜钱，就是福在眼前。蝙蝠作为福的谐音也还好，毕竟有个蝠，可是画个葫芦，叫福禄，就有点牵强了，总觉得前人的编辑团队里，"胡建人"也参与了吉祥图案的创作——葫（fu）芦寿。

榆钱好吃，但很少有人摘了，起码我们村现在都不吃榆钱。小时候在北方农村，这个季节好像家家都会吃榆钱，现在不吃了，并不是因为榆钱不好找，而是因为以前人吃菜都只能吃季节菜，冬天吃了一冬的萝卜白菜，开春终于有了绿，就各种野菜都会采来换口味。野菜，是主食。现在不管是超市还是集市，蔬菜完全没有季节，爱吃什么菜，一年四季都可以吃。

另外更大的因素也可能是榆钱的采摘实在太过烦琐。昨天吃完早饭，我提着篮子去找榆钱，爬树、采摘、清洗，忙活了两三个小时，蒸好到吃的时候，已经是中午一点多了。吃完还要洗筷子、洗碗、洗锅、洗盘、洗蒸布，感觉午饭吃了一整天。生活在当下这个时代的节奏里，早已没人愿意花费这么久的时间去做一顿家常饭。

榆钱好吃，起码我觉得比我吃过的苜蓿、茵陈更好，口感筋道，略有清香，据说还有健脾安神之功效。当然，食物的功效，有些套路了，因为每种食物都或多或少会对人体有影响，而据说，营养最好的是平日常吃的五谷杂粮，只因大豆、青菜、红薯、面粉每天都在吃，毫无新鲜感，就被无视了。

养生我不懂，但人体如果是和万物连在一起的，最佳状态一定是为了达到某种平衡，晚上就睡好，白天就活动；冷了穿厚点，热了穿薄点；疼就哭，高兴就笑；天阴在床上看电影，天晴就到门口晒太阳；

有茶、有水、有粥，有米、有菜、有肉。和万物的本质平衡时，应该就比较健康了。另外就是节食，少年元气正旺，营养都转换成骨血了，但一到中年，身体代谢功能就开始变差，吃得不多，体重也在增长，这个时候节食就是最好的平衡。不过，平衡与节食，对应的刚好是规律和节制，前者是目的，后者却是修行。

又跑题了？

从程式化的文学标准来看，似乎跑偏了很远，但蝴蝶效应，思路的延伸，皆因榆钱而起。

记得上次有个朋友问我，写作会不会枯竭，他的意思大概是狗也写完了，树也写了，是不是就没什么可写的了？我的原话是，这里面有一个误区，“写作”不是“写文字”。不是我写狗、写树，或者杏花、榆钱。“物”，是给我带来触动的一个载体，永远都是客观存在的，只是观者赋予了每个物自己的生命力。换句话说，还是在书写自己，只要生活是未知的，而我也在上升，写什么，都和对象无关。

绘画里有个词，叫“写生”，“生”就是生命力，“写”就是将自己的生命力注入内容里，使之活起来。

比如，一盒火柴，在我看来，整个人类史都在里面，我要写的话，就会将火到火柴以及到火柴被打火机替代这之间发生的一切串起来，最后回到火柴。而那个火柴盒在我叙述的整个过程中，就在那里放着，当我叙述完，它就有了我所赋予的生命力，饱满并带着某种史诗感，就变得和其他火柴盒不一样了。当我画下了它时，它也成了我内心燃烧着的一部分。所以对我来说，“写作”不是“写文字”，而是“写生”，是叙述，和呈现一草一木带给我的思考、触动和启发，那里面都是我形而上的分泌。

比如，以上这些，换个角度来看，就是“由摘榆钱想到的一切”——包括这段。

继续奔跑。

我只吃过拌面蒸的榆钱，还没有试过生吃和煮粥，据说生吃的话，只需要洗干净，撒点白糖就行，微甜，更能吃出榆钱的清香。喜欢吃咸的，就像凉拌黄瓜那样。煮粥也是看个人口味，但听说过的，都是做成咸粥的比较多，像葱花榆钱粥、榆钱虾仁大米粥，还有榆钱炒肉片。蒸榆钱好吃到可以连盘子一块吃，榆钱炒肉片，听起来可以连桌布一块吃。

榆树皮也能吃，不过那是饥荒年代的人不得已的体验。我奶奶说，榆树皮捣碎了煮，吃起来跟嚼不断的鼻涕一样，听得我顿时鼻塞。

河南地处中原，没山没海，靠天吃饭，只要有灾害，不管蝗灾还是洪水，就会有人饿死，加上古代中原又是政治经济中心，粮食生产的主要来源，所以每遇极端统治，克扣和残害的也是河南百姓为先，历来饿死人的故事，都是从那里传出来的。长此以往，河南人脸上就有了一种很清晰的、历史性的沧桑与苦难。

榆树叶小，幼树树皮平滑，浅灰色，大树树皮粗糙，呈暗灰，有裂纹，适合做盆景，因为盆景是微观世界，就是将大自然里不可触及的老树变成可以把玩的风景，而皮老叶小，刚好适合缩小后比例协调。想想看，给一棵大树施法术，让其变小后，枝干小了，叶片大小必然也要和枝干的比例均衡。然后老树新芽，在案头摇摆、呼吸，非常动人。

去年在后山，挖了棵榆树，养在院子里，三五年，大概能成形。今天我去看，发了很多新枝，估计明年就会结榆钱，到时候就不用爬树了，直接搬个小板凳，坐着就可以像下棋那样摘榆钱了。

掌管四季的神，
都是在一夜之间
完成工作交接的

农历八月过完了，椿树和杏树已经开始落叶，没有风，最早泛黄的那些，每天都会落一点。大概农历十月过半，每片叶子都枯黄的时候，一阵风过，冬天的枝干就出来了。杏树挺有意思的，叶子还没长出来的时候就开花，最早宣告春天，又最早宣告秋天。

很准时，每年树叶只要全部枯完，就会有几天特别大的风，去摇晃那些树，让人以为，四季的转换，好像都是一夜之间完成的。

其实叶子落光后的柿子树挺好看的，深秋的柿子树，叶子掉完了，果子不会落，一树橘色玛瑙。到了冬季，每个枝杈都像触角一样弯弯曲曲，很诡异，很暗黑。每次路过柿树林，总觉得会有巫婆骑着扫把飞过。还有杨树，到了秋天，叶子也变黄，虽然没有银杏的黄色明亮，但整片看的话，还是很美的。还有，秋天的落叶烧起来，有孩童时的香。

前天中午午睡，起床后，突然很想闻花香，像早上开窗听鸟叫，想着应该呼吸一树的香再起床。就像朋友圈一样，发了公众号，很多朋友留言说：来南京啊，南京满城都是桂花的香。来杭州啊，江南桂花正当时，来吃桂花糕、桂花蜜，喝桂花茶。说得我只好翻箱倒柜，找了块冰糖含在嘴里，镇定情绪。

然后这两天一直在想，桂花这种树，如果能长得很大，千年古树，开一次花，可以够吃一年的吧?

今日有雪

——雪像一场洗礼。北方人很幸福，我们这不堪的世界每年都可以有一次纯净，像处女、童话、一张白纸，像初生。

我是喜欢下雪天的。董遇说冬者岁之余，夜者日之余，阴雨者时之余也。雪天和晚上都是读书最好的时候，就是因为太冷，人才懒得去想那么多事儿，只有这个时候，缩在屋子里读书，便成了唯一的事。于是，对于读书写字来说，冬天最出成绩。

夏日阴雨天，也不错的，可以坐在门口看房檐的水滴答滴答掉在地上，专注几个小时。开春后种几棵芭蕉，那就更好了。不过董遇只说“阴雨者时之余也”，但没说，连续的阴雨天很坑爹……去年九月西安连续下了一个月的雨，整个九月我大门都没开过，都快长绿毛了。直到弹尽粮绝，才不得不拄着拐棍披荆斩棘地下山背了些米面。不过自那次之后，就长了心，托高非在当当网买了本《野菜轻图典》。

记得2011年我在山上过年，那个时候条件不像现在方便，没电暖器，也没封窗户。跟零下十摄氏度睡在外面差不多。切菜的时候，青椒和蒜苗什么的就是一冰疙瘩。刀法再好也没用，得拿刀背砸碎才能丢锅里。我俩平常爱喝茶聊天，那天给冻美了，两个人一句话也不说，肚子里的热气要攒着。茶也不喝了，喝了茶半夜又得起床放水，想想要离开被窝就难过。待了两天，基本上脚和手都是疼的，对，像锤子砸了一下般疼。

我当时想，哦，这就是冷啊，原来真的挺冷的。真的冷比想象的冷要冷得多，想象力永远达不到那种冷。

我一直觉得任何一种经验都是值得感恩的，即便是绝望的时候。比如，寒风噬骨、大汗淋漓、万众瞩目、寄人篱下等各种好的或者不好的体验。我在它里面时，都会有意去客观地感受它新鲜的那部分。当然，我说的那种体验的多样性并不是指没事给自己制造一个极端环境让自己忍受，而是不得已处在一个极端环境里依然能找到希望的出口。所以物质是不拒绝的，有电磁炉当然不会烧柴。只是说没有也很满足、很嘚瑟。就像黄哥说的，逼格跟钱无关，而是说你有一块钱，能花出一块钱的质感。

封炉子是个技术活

生炉子我现在很娴熟，先点张易燃的纸，然后塞一把艾草的秆，等艾秆燃起来的时候，再往里填上提前劈好的碎木头，当然，木头的密度越大越好。等碎木头燃烧至三分之一，基本燃起来后，再倒一铲煤，盖上盖子，差不多就可以坐等取暖了。

虽说生炉子不难，但每生火一次，都会弄一屋子浓烟，也挺讨厌的，所以封炉子，就成了比生炉子更重要的事。

封炉子是个技术活，一铲煤，一般两三个小时就燃尽了，白天的时候，可以不断地加煤，让它持续地燃烧。但晚上的话，总不能隔两三个小时起床一次，除非尿频，不然大冬天半夜起床两三次，相当于伺候几个月的宝宝一样辛苦。所以这个时候，如果会封炉子的话，就可以睡觉前封好，八九个小时后，醒来开盖儿就能燃烧。

其实就是利用空气（炉盖）循环大小，将燃烧的煤炭封闭起来，缺氧，导致燃烧速度变慢。但这个大小多少的把握，并没有一个固定的配比。因为大块煤和碎煤需要的氧气量不一样，煤什么时候加，燃烧时间也有影响，空气口留多少，也没有标准。所以，第二天是重新生炉子，还是醒来就有温度，完全靠经验的直觉。

和抽烟斗的人一样，会抽的人，随便塞一疙瘩烟草，一个小时都能冒烟。不会抽的，抽两口就点一次火，一斗烟抽完，打火机油都用了一半。但你要问那些会抽的人，该如何塞烟草，是松一点还是密一点，多一点还是少一点，他们也说不出来，并且即便把自己的配比数据告诉你，你还是会熄火。因为，每个不灭火的烟斗，都是灭火无数次之后的直觉。

弹钢琴的人熟练到一定程度的时候，是可以不看琴键的，就像电脑盲打，一分钟打六十个字的话，敲击几百下，根本没有给“按哪个键”留思考的空间，所以所谓惯性，其实是手指的记忆，是大脑和手潜意识的协调。

很惭愧，去年和今年，两个冬天的摸索，封炉子这件事，我还是没有完全掌握。记得去年，早上醒来，一般我伸手摸摸炉身，基本都是凉冰冰的。偶尔会有很烫的，我就会很开心，赶紧打开炉盖，等火燃烧起来。所以冬天最冷的时候，我起床后的心情，都是由炉子决定的。一摸凉冰冰的，就叹气：“唉…… ”一摸烫手，就很开心：“哈哈。”去年冬天我起床后的心情基本是：唉……唉……唉……唉……唉……哈哈……唉……唉……唉……哈哈……唉……唉……唉……唉……唉……

今年比去年好一些，今年是：唉……唉……哈哈……唉……哈哈……哈哈……唉……哈哈……唉……唉……

不过如此

刚毕业那几年在固始代课，一个县城的高考美术班，带了三届，挺舒适的。固始挺有趣的，好吃的多，有那种很质朴的乡土味，很宜居，工资待遇也不低。教画画，相当轻松，顺便还训练强化了自己的基本功。可是第三年的时候我就有点儿恍惚，重复的生活像翻页一样快，刚送走一届，下一届又要统考了，这让我虚无。我还是个孩子呢，还没准备好，竟然就快奔三了，越想越紧张。然后我决定回西安。

当时回西安的时候，并没有想太多，想着山上有院子，兜里有省吃俭用够活上半年的银子，弹尽粮绝的时候再说吧。

因为县城的画室是最难招老师的。美院毕业的，画得好的都自己开画室了；画得不好的，招了也没用。所以走的时候，老熊就说把画室百分之三十的分成给我，然后他做另外的事也把一半的分成给我，这样下来一年也小十几万了，就在固始找个媳妇，不要走了。但我想的是，小十几万又能怎样呢？不过就是买衣服的时候可以在商场直接挑了（网上便宜呀，商场好贵），可是这都没有想睡觉就睡觉更划算。

并且我觉得生活就是猴子下山，丢了桃子一定会捡到苹果，或者西瓜，再不行也能捡到个葡萄。虽然未知，但总不会丢了这个之后就一无所有了。并且，未知对我来说，不是畏惧，更多的是吸引力。未知会让生命的时间感拉长，我希望我闭上眼睛，记忆的数据是多样的。不想老了一闭上眼睛，除了单位就是家，记忆就两帧。

有时候我觉得超市里那些收银员就好像是机器人，七八个小时都在重复一个动作。

然后我把画打包就回西安了。事实证明，我丢了桃子后，确实捡到了个西瓜啊。这不是，写字也能换馒头了。

我发现很多人都在好奇，没有收入怎么活啊。人有求生本能，怎么可能把自己饿死。

看到一明星访谈时说：“累，不想干，几年的档期都排满了。”但要是手里有个四五十亿，早就不干了，马尔代夫买个院子安享清闲。

偶尔也听一些朋友感叹：“等我攒个三五十万元，有个底，就辞职到山上和你做邻居。”干脆：“等我退休。等我过了六十岁。”

“一定的物质基础”是最不负责任的设定了。我发现我和老孟的不同在于，我们兜里所有积蓄只有三五十元钱，就敢上山了。区别在于大多数都是说“我要有了什么什么，就怎么怎么样”，到四五十岁了，钱是攒够了，安享的资本却没了。我们多好，二十几岁就在理想世界里喝茶看桃花了。因为我们是信念先行，“我要过什么样的生活，先走进去，然后再完善条件”（爱情不也是这样吗？在一起，是信念。其他都可以一点一点解决，这个是核心）。

哪位明星要是知道有我们这样的人不得吓傻了：“五十块钱就上山？你们怎么活啊？”那我和你说吧，老孟有一年冬天，一个星期只吃了七个玉米，有段时间连盐都断了。零下十几摄氏度没有取暖设施，又能怎样呢？而即便今天我仍面临断粮的可能，但生活依然充满满满的幸福感。饿肚子没什么，自由被禁足才是不能容忍的。

反正一梦百年，不过如此。

所以，生活成本背后的“何不食肉糜”其实是个一叶障目的寓言故事。

这里面还有一个问题，也很有意思。我前段时间在“知乎”看到的，说为什么暴发户用 LV 的包，就是暴发户，而贵族用就是贵族呢？因为 LV 这个包不是孤立的。要用这个包，除了全身行头的价格、品位都要和这个包的价值匹配之外，还有车、穿戴，更重要的是举手投足、涵养、见识、素质等，都匹配吻合的条件下，这个包才不会突兀。所以暴发户只知道买个很贵的包，而不知道这个包的价值是多么复杂的人类文化生成的。

从这个问题里我看见另外一个问题。也就是说，生活成本其实也是一样的。你的身份、生活条件越高，你的消费和需求也越高，比如你买个车就得需要油钱，买个好房就得装修得高端，配个别墅就得雇个保姆等。于是你发现你拥有的虽然更多了，但其实大部分分流给那些与你无关的事了，而这个时候其实就是你早已不知不觉被物质绑架了。

那么，“你没有收入怎么生活呢？”你知道了吧。

第二章

在我的世界里，我是我自己的王

世界很大，
先容我把脚
下的路走遍

我是中午才知道今天立秋的。

这个节气，于我来说挺复杂的，那句矫情的话叫什么来着？一半明媚，一半忧伤。明媚是因为立秋预示着夏天就要结束了，这个被知了吵，被蚊虫蹂躏的季节，就要结束了。预示着我的秋天即将到来。忧伤则还是因为时间——这一年，竟是过去五分之三了。

我总希望每一天，每一年，都像摘果子一样，有些收获，这样的话，到了五十岁，知天命的年龄，一定是很坦然的，因为回忆起来，是厚厚的一生。所以，我每天都把这宝贵的时间拿来过最简单的生活，每天都做很多有意义的事情，比如做糖拌西红柿汁，给菜浇水；比如睡午觉，躺在吊床上摇啊摇。越简单越好，反正过日子，我是越来越脆弱了，以前说过，每天要做的事只要超过三件以上，我就会有压迫感，比如今天扫地、洗衣服和做泡菜，那么如果再加一件“给菜浇水”，完了，我就会一件事都做不好。我有个朋友刘汝斯，比我大一岁，有三个孩子，经营新媒体的，感觉每天脑子里装有三十件事，天天失眠，竟然还在变胖，太厉害了。

有人替我担心，说你总是在山上，会不会枯竭？是不是应该趁年轻，多出去走走？

我觉得这个话真是让人没法回答。这个逻辑看上去好像是对的，但其实很有问题啊。“多出去走走”和“总在山上”，这个逻辑是在说，一个人要去见识更广阔的世界，才能具备更有广度的深入思考。但他不知道，一个人如果对身边的事物都参不透，熟视无睹，见识多广阔的世界，都只能是表象，过眼云烟。

并且，不是每个人都爱把“一花一世界，一叶一菩提”挂在嘴边，把“格物”挂在书房吗？却没有一个人对这些道理身体力行。而这半年，我从翻地，到埋下种子、菜苗，到发芽、成活，到结果子，到结的果子吃不完，到一声鸟啼、一场雨、一个有虫鸣的夏夜，带给我的新鲜和丰满，远远比我在那些城市跑了一圈更震撼。

所以，世界很大，先容我把脚下的路走遍。

趁年轻，就更让人无语了。趁年轻，不更应该是住在山上吗?年轻住山和等以后老了再住山是两回事，二十岁出头我就在山上住，是带着很多二十多岁的眼光和心境，热情与新鲜，五十岁后住山，是五十岁的平淡，坦然。不一样的，所以住山要趁早，一生很短，就像今日立秋，已经享用了一年的五分之三。

流水账：一个人住在山上每天都干吗？

“一个人住在山上每天都干吗？”这问题我经常被问到，每次都觉得很难回答。我很认真地想过，我每天都干吗了？但想来想去，竟然无从表达，所以每次都答：“我也不知道干吗了。”

可每次这样回答，都难免令对方觉得我在敷衍。对于一个一天到晚无所事事的人来说，“一个人住山上每天都干吗”的好奇，确实是个很有难度的问题。每天都充满不确定，真的很难表达清楚一天到晚都干吗了，所以我好好想了想，这几天到底干吗了，说不定有可能会回答清楚这个疑问。

星期一

早上6:37起床，抬头看看窗子外面，鸡可有进院子吃西红柿。然后穿衣服，洗漱，烧水，做饭，吃早餐；给刚找的两个月的小狗喂点牛奶，铲屎；给鸡、鹅撒点麦子，给郑佳、土豆各一份口粮。屋里坐会儿，院子里走走。躺到门口吊床上摇一摇，发呆。摇啊摇啊摇——发——呆——摇啊摇。

大概到了中午，做午饭。摘一个茄子，拌点面，煎熟，几个青椒，西红柿，荆芥，下面。

下午1:30左右，吃饱，午睡。

下午 4：40 起床。午睡完有活动的冲动，扛着锄头，去后山挖了一棵适合做盆景的桩材，栽到院子里。

然后，吃晚饭了。晚饭吃到一半，下雨了，房子漏水，拿了几个盆接着。很惊喜，漏水的水滴，滴在盆里，有音乐的旋律。

之后，就是睡觉了。当然——还要躺在床上再玩一下手机。

星期二

星期二，竟然想不起来了，可能和星期一差不多。只记得星期三有约，早上起床后，抬头看看窗子外面，鸡可有进院子吃西红柿。然后穿衣服，洗漱，烧水，做饭，吃早餐；给刚找的两个月的小狗喂点牛奶，铲屎（昨天看留言，有朋友说小奶狗是不能喝牛奶的。多亏提醒及时，今天已经不喂牛奶了，喂粥）；给鸡、鹅撒点麦子，给郑佳、土豆各一份口粮。然后屋里坐会儿，院子里走走。刚好地还是湿的，土比较软，不顺眼的杂草就顺手拔掉。

摘了红的西红柿，种得太多，吃不完了。

星期三

上个星期，金平带他的两个朋友来我宅闲坐，走的时候，其中一位钥匙落下了，刚好这位就在我对面的寺院里住。我说，星期三给送过去，顺带看看这位老兄的住处。老兄姓藤，海大哲学系的老师，来西安的寺院挂单，刚好结缘到了我住的山对面的寺院。藤兄性格和龙波、绍勋一样，读书人，有出家人的内敛，挺有缘。于是，星期三这天，摇了一会儿吊床，我便开始收拾，换双鞋子，打算走到对面的山。不是路泥不能骑摩托车，是我太宅，运动太少了，便想走走路，提醒一下肚皮上日渐丰满的肉。

走到对面寺院，大概要两个小时吧。快到时，藤兄来电话，约在法堂见面。我到后，稍作礼拜，便径直往后院法堂走。

和去年来时一样，寺院还在扩建，一路都是建筑工地的气息。

见面后，藤兄的好友范兄也在。稍作寒暄，藤兄便带着我在寺院里转。虽然这个寺院我来过很多次，但一到僻静之处，就让“游客止步”给挡住了，这次好，有人带着，寺院角角落落，都能看看。

寺院右侧的小路过去，有一排排关房，很小，每间有十几平方米，门口贴着封条。藤兄说，里面闭关的师父，有的两年多没出来了。本来我对宗教的修行并没有多大的敬佩心，因为如果有人给我隔墙送饭吃，我也能气定神闲，闭门不出三五年，只是突然想到了那些朋友圈一天发十几条都还找不到“存在”的人，再看那些封条时，顿觉肃然起敬。

绕过关房往后山走。法堂的后侧，藏着一处幽静的平地，青砖地面，树荫环绕，背靠郁郁葱葱的山林，一侧依靠着法堂的一角，另一侧挨着方丈的闭关房，平地之间恰好有一老僧正专注地拿着笤帚沙沙扫地。一切一切，古意盎然。很意外，我们三个便寻着一处，就地而坐。

真舒服。幽静，这才是寺院应该有的样子。以前跟朋友聊，个人并不反感寺庙商业化，但起码把环境造得“好看”。进寺庙，目的就是从一个浮躁之地，寻觅一个僻静之所，环境本身可以净化内心，像灵隐寺那种，即便大家都知道它商业化，但依然被它吸引。但现在的寺庙，似乎只顾着硬件建设了，很少有人在园艺上下功夫。记得第一次去弥陀寺，看那棵六百多岁的白玉兰，感觉特别好，寺院很小，古色古香，但往后走到新修的建筑，看到闪闪发光的不锈钢扶手时，一下子就出戏了。就像今天这个寺院，偌大个寺院，就只有这一小块才有寺院的气息。

长安佛寺，在佛教史上影响力很大，要是每一座在复兴时都能像它的原貌那样讲究，那样的终南山，一定会有圣地的气质了。所以，还是那个结论：百分之八十的社会问题，是审美造成的。百分之九十的个人问题，是格局造成的。

三人闲聊，范兄有几个话题，很有启发。范兄讲，农民、农村和农业，是三个问题，农民不一定在农村，但现在把这三个问题当成一个问题来讲。另外范兄还讲到，现在提到农村住宅，总觉得是荒芜、边缘之地，农民参照着城市的小区建筑，自己也认为自己的房屋有自卑感，实际农村的这种处境，是近现代的事，历史上不是这样。历史上的农村居住环境非常好，庙堂、祠堂、村门、街道、水井，每个村子都是按照一座城来建的，非常完整，每一户的房子都有标准布局，正房、偏房、柴房，除了大和小的差异，每一家都很完整。

确实，看看那些我们熟悉的、作为旅游景点的古村落，农村本来什么样很清晰了。

藤兄聊到小孩子的教育，说想自己教孩子，但女性（孩子的妈妈）一般不会愿意冒这种风险，所以就想着，最好能有几个志同道合，又各自有孩子的家长，找一个比四合院大一点的院子，做一家类似私塾的学堂。他说的形式，非常理想，我是理解的，并且相信藤兄的格局、学识和修养。当然，还有，这种有实验性质的少儿教育，非常两难，因为如果成年后，孩子成功了，家长会认为是孩子自己的天分和努力；没成功，那所有的过错都是你。不过，即便如此不易，我还是希望藤兄有机会能找到对的人和环境，做成这件事，因为在我的价值观里，每个能从这个浮躁的大环境里转身跳跃出去的人，都有盖世英雄的背影，起码藤兄已经做出了纵身的动作。

这样的闲聊，大概持续到下午三点，其间，扫地的师父，遇到一条蚯蚓在地面上，就把它捧起来，埋到树根下面的土里了。

藤兄拿了钥匙，带我到住处，看了下居士房的环境，并没有我想象的好，不过藤兄说，相比前些日子住在圣寿寺，这里要好很多了，那里的跳蚤实在凶猛。而且现在，已经很少有寺院愿意接受挂单了。

随后，我们一起下山，找了家农家乐吃了饭。辣子很香，我吃了三块锅盔。结束后和藤兄、范兄道别，回来的路上，有只螳螂在路中间的小石头上，放在以前，我会跟小朋友踢石子一样一脚踢过去了，但突然想到下午扫地师父把蚯蚓埋到土里时的温柔，就把它捏起来丢到草丛里了。

上山很慢，我歇了两次，到家后，出了很多汗。大概四点多，我好好洗了个澡，倒在床上，摸摸肚子，感觉瘦了很多，很是满意，遂，欣然入睡。

醒来时，太阳下山，天边一片明黄。

星期四

星期四，就是今天了。今天早上起得有点儿晚，醒来快 9 点了。起床后，抬头看看窗子外面，有雨，鸡不会进到院子吃西红柿了。然后穿衣服，洗漱，烧水，做饭，吃早餐，昨晚做了个面包，炒了点菜，就着当馒头吃了。然后给刚找的两个月的小狗喂点粥，铲屎。给鸡、鹅撒点麦子。给郑佳、土豆各一份口粮。然后屋里坐会儿，看雨。

真好看，可以看一天。

露个富

看到天上的太阳了吗？是我的。

贫富概念衡量的标准应该是有的，就是你想要的你便能得到，那就是很富有。打个比方，假如我渴望有一辆车，那我很穷，我买不起啊。所以有车的那个人就比我富。但是假如我渴望能在喝茶的时候听音乐，那么我只需要买个音箱就可以了。这对我来说，轻而易举。电影、音乐、书、宣纸、毛笔、油画框、喝茶、会友、晒太阳，我想要的东西，都轻而易举，那么，一定就是富有了。

所以富在我此刻坐拥长安城。

富在阳光照在我身上的同时我在享用阳光照在我身上，而阳光其实也照在每个人身上，但他们没有回应；就像桃花冲我笑，我也冲它笑。

富在时间都可由我任意支配，并会持续下去。

富在我家有电影、音乐、书，有宣纸、毛笔，油画框；有鸡有鹅，有猫有狗；有山有云有风有太阳，有吃有喝有余粮。可以自然醒，沐暄堂。我想要的一切，我都有。我不想要的都和我无关。

富在春有百花秋有月，夏有凉风冬有雪。且将日复一日，每一天都是实实在在的一天。

我是一个容易在时间上掉进虚无深渊的人，所以只有指尖碰到指尖的质感，实实在在的慢，才能有存在的归属感。没办法，我是虚无症患者，自由和爱是我自救的小药丸。

回家

每次刚到家我都会有种错觉：一家人在一起，爸爸、妈妈、奶奶、哥、嫂子、小侄女，身边如果再挽个温暖的媳妇，热热闹闹，似乎这样的日子持续下去，也不差。

但每次都是，仅仅隔了几个小时，我就坚定地认为，我还是更应该在山上待着，一个人。

我不大习惯人群，无法忍受群体社会环境下，各种乌七八糟、零乱又毫无意义的东西强制性与你发生关系。拿声音来说，我在山上一个人时，所有的声音都可以自己选择，兴奋时就放点儿欢愉的歌嘚瑟一会儿，怅然若失时就放点儿舒缓的音乐来平静，这些声音就像你的工具，皆因有你才有了它的意义。你若不想听时，只需要动下食指，关掉就行了。而自然的风声鹤唳便是仙人老友的对话。图像也是你可以塑造的。那棵树不好看，你爬上去修一修就好看了；挡了你的道的，就回屋抄出斧头除掉它。你可以对一片儿小菜地精雕细琢，把篱笆墙都筑得有构成有节奏感。

一个人的活动范围，就是他的全世界，那么起码在我的世界里，我是我自己的王。

但是在山下却让这位一个人的王感到很凌乱。出了门，街上一整天一整天永远都在嗡嗡响不停的发动机声、脚步声、嘈杂声、建筑工地的敲打声，这些声音无节制无节拍地强制性地钻进脑袋里，有种被无休止强奸的绝望。

而这只是声音——不可控的其中一种。剩下的，图像、信息、价值观等，除了无意义的生活琐事就是与这个社会的扭曲互动，每一种都是同样暴力。那些你不喜欢的人、事、物，在你眼里就像地板上的脚印，手机屏幕上的划痕，古镇里矗立着的土豪金。

满大街的人，满世界的信息都和自己无关，但就是不停地扰乱着你，你的水一直被搅动，你只想快点儿回到沟洼里的平静。

这太可怕了，我只是在家几天，就明显感觉到，这些琐碎朽钝了我锋利的刀，而这正是一个虚无的人最害怕的，也是一个妄想症最不能接受的平庸。除非你像个自闭症患者那样把自己隔离在房子里，不然生活总能刺激到你。

群居的人，尤其是数量密集的集会，看起来就特别像是动物世界。只有把其中某个抽离出来，面对一个单独个体时，人才有人的样子。

有次我和大林在沙井村吃饭，城中村的人太多了。我坐在路边吃炒饼，周围很多很多的人，他们走来走去，我突然觉得很奇怪，快看，那些走动的生物就是人，我和他们一样也是“人”的样子吗？我有点儿模糊，我觉得他们不像我认识里“人类”的样子。我在山上的时候人的样子就很清晰：你看，这个院子里，那只是鹅，那只是狗，那只是鸟，那只是松鼠，那只是蜘蛛，那棵是树，那么这样来看，我是人。我会写诗还会听歌嘛。

这种环境下我很自然地就过着人过的日子，日出而作、日落而息，逍遥于天地之间而心意自得。只有这个时候的“人”，才是以思想存在的中心。

出世其实是为更好地入世，出的是表象世，入的是世本质。于是每次回家，我都待不了一个星期，或者说每次下山都很难待一星期，唯有离开。

终敢斗胆提及『隐居』

桃花源

日落

鬼怪、虫蛇、空寂、寒冷、酷暑、幻想、深夜、闪电、阴雨天、背粮食、没菜吃、下山、上山、伐木、挑水、陌生人敲门、电脑没网、手机没信号、锄头握在手里、烈日扛在肩上、乌鸦、野猪、遗忘、床底下、门后面、谶语、霉变、失眠、潮湿、漆黑一片。

日出

阳光、百花、虫鸣、自然醒、野蔷薇、小蜜蜂、雪月、星河、远山、白云、粗茶、余事、安静、温暖、冬沐暄、夏浴风、布衣、陋室、钓鱼、会友、砍柴、论诗、听琴、阅经、大雪、把卷、数星星、围炉夜话、雨打芭蕉、赶鹅、喂狗、伫立、失语、独坐、逍遥游、专注、幻想、炊烟、卧松、朝露、秋菊、桃花源、袋里有米、炉边有柴、无丝竹乱耳、无案牍劳形、拙居、我宅、自由、晒太阳、诗泉涌、不知有汉、明心、见性、如似长生。

上个月初，西安连续阴雨天，不过是二十多天没出门，月底下山时，摩托车行驶在长安大道上，陌生感却像是有半年没有去过西安了。

前天晚上和东旭一起见了几个美院同学，感觉每个人看起来都很疲惫。那些记忆中学生气的面孔，只是几年不见，就已经像个迷失方向的中年人，像个尽力养家糊口的孩子父亲。有的看起来压抑混浊，和这个城市的天空一样；有的眼神有些紧张，惯性地保持着防守的姿势。总之，每个人看上去都似乎背着很多压力。街道依旧拥堵，空气还是一样黏稠，烧烤摊的羊肉是不是真的我不知道，但城中村才是一个城市的真实面貌。

长时间的独处，偶尔走在人群，置身于其中，似乎那些以前看不见的东西就更加清晰了。

记得上次和马立在南门世纪金花台阶上坐着聊眼前的这个城市。建筑越来越宏伟，对比着生活在其中的人越来越渺小，易碎得像是擎天柱胯下逃命的小人儿。人类制造了这些现代化的楼和灯，还有巨幅的奢侈品广告，创造出一个个代表着“存在”和“尊严”的虚拟价值，让生活在其中的人去追逐，让没有信仰的人把追逐这些价值当作活着的意义，让没有存在感的人以拥有这些价值被周围人认同。他们生活在其中，相互给对方压力，人人都是这些虚拟价值体系运转的受害者，同时也都默默充当着帮凶。

在我停留歇息的那一小会儿，有个农村的父亲拉着十岁左右的儿子从我旁边的台阶上走上去，在霓虹灯的巨幅广告牌下仰视，然后往商场的门口里看进出的人。那个情境就像小时候我爸带我进城看郑州亚细亚大厦一样。我看见那对父子眼里的城市，那是梦想和天堂，他们幻想着，什么时候能住进大楼里面，能在这样的商场里消费，能把自己的华为换成苹果，应该就是最得意的人生了。到时候他们一定会在吃饭的时候把手腕上的名表向身边的朋友抖一抖，把车钥匙放在餐具的一旁。

我站在他们生长的环境和狭窄的认知维度里想着，悲观地发现，如果那个人是我，我也一样会以拥有那样的梦想和天堂而满足。

但幸好，或许也是不幸，我长大后得以看见的世界，已经不再那样局限。

衣服的存在，最初是为了取暖，然后是遮羞，后来是为了审美。其实到审美这个阶段就应该结束了，但是社会的发展在审美之后增加了品牌，于是品牌就成了人为操作的虚拟价值。就像车的意义到“代步”就应该结束了，但是制造一个虚拟价值可以让一个开十万元车的人，看到十万元以上的车，就很卑微；看到十万元以下的车，就很满足。房子到“有相对满意的平方”就该结束了，但是虚拟价值却让那些住在高档小区里的人似乎感到自己更有尊严。就像手串本身是为了好看，后来变成了注意材料是沉香还是黄花梨，这和穿衣服看品牌有什么区别呢？像茶叶本身就是不同的树叶，树叶和树叶的区别应该仅仅是味道和形状不同，而虚拟价值却让喝着两千元一斤金骏眉的人比喝几元一包茉莉花茶的人更有自信。

不同的虚拟价值最终服务的是“虚荣心”，“虚荣心”的需求根源其实还是存在和尊严，是人类群居之后的本能需求，也正是存在感和尊严在维持着社会这个大机器的运转。他们没有存在感，而房、车等这些象征着财富的虚拟价值可以让自己获取另一部分人的尊重，从而感到存在和尊严。这没有错，任何群体社会里，人都会为这个虚荣心耗尽自己的一生。

我只是遗憾，那些单一又乏味的“存在体验”。

所以有时候我并不会单纯地像个无知的愤青，去指责那些荒诞，因为每个人生活的环境和对世界的认知维度都不同。并且是人就有人性，在一个庞大的价值体系里，千人所指无病而死，就是社会环境里的人性。所以避免与之消耗体力的最好办法就是离人群远一点儿，自己建构一个世界。当你的活动范围内只有你一个人时，会发现那些实用之外的虚拟价值是没有任何意义的，因为世界只有你一个人，你的房子不用考虑是不是地处高档小区，仅仅是你休息、读书的窝，舒适成了你房子的意义，你的 Armani 放在鹅圈里，一样会被鹅毫不犹豫地践踏过去，拉一泡屎。

这是比任何一个时代都更需要隐居的时代。

把虚拟价值的石头剥开之后，生活得很好其实挺简单的，一块钱一包的丝瓜种起码可以结一百个丝瓜，有水喝，有饭吃，读书，画画，听音乐，晒太阳，自然醒，写诗会友，围炉夜话，我需要的一切都有，我在我的世界，是我自己的王。

自由和爱，这是生活的本来面目。

早上从城里回来的时候，坐在地铁上，对面的电视屏幕里放着西安城现代化的城市宣传片，依旧不知疲倦地制造着城市梦想，用镜头特效和谎言拼接成假象，像个洗脑机器，在车厢里，前后夹击，对着那些拥挤、麻木、疲惫的面孔，一遍一遍重复播放。

真相

人群中
他戴着耳机
突然感到
擦肩而过的这些
陌生面孔
有表演的嫌疑

直到有一天我发现，似乎哪里有些不对劲。有一天，在一个朋友院子里聊天，朋友坐在我对面，我突然感到这个世界有点儿不真实，树叶、阳光和空气透过镜片反射到我的眼睛里，隔着一层玻璃，世界在我脑海里形成的影像就像看电影一样。我突然怀疑这一切都是想象出来的。

并且仔细想会发现，记忆中自己的这张脸也一直很模糊，比如几个月前某次畅谈，你会发现所有的场景都很清晰，每个朋友的表情和细节你都看得见，就你自己的那个形象只有一个模糊的黑影，一个没有边界的轮廓。

这种怀疑一直延伸到有天早上我从靠在墙上的镜子旁边走过的时候，偷偷地斜着眼睛用余光看了一眼，确定他也在斜着眼睛看我的时候我才放心。这个小动作让我意识到问题的严重性——如果我偷看他的时候他没看我，那我就完了。

最初我认为这一定是玻璃眼镜的问题，然后我就跑到眼镜店配了一副隐形眼镜，回来后我发现，隐形眼镜呈现出的世界一样恍惚。然后我想，我应该从黑暗里走出来，见见太阳了。

从那以后，他剪掉长发，去代课，去强迫自己与人对话。并且，恋爱了。

五六年过去，虽然他现在说话利索了很多，也自如很多，但那些已经长在身体里的孤独柔软，还在陪伴着他，比如他坐车时习惯靠窗，跟人交谈时习惯背对着光，比如住在山上。

存在的真相

想象下，宣布一次死亡。给这个世界，给身边所有认识你的人，宣布一次终结，一个葬礼。那么半年之后看到的这个世界，就是你的一生。你会发现，除了自己的父母、爱人经常想起你，认识你的人，那个你认为的“存在圈”，基本就没有你的痕迹了。再拉长一点，两年、三年、五年，我们的父母、爱人都从你离去的阴影里走出来了。你的存在，就像你没有出生过一样了。

和没有出生过一样，这就是存在的真相。

对死亡的想象

有一次血糖低晕倒，倒下后我能看见我的头发变得越来越粗越来越清晰，明晃晃深褐色的头发在一个白色背景里晃动，每一根都有手指那么粗。现在想想当时的眼睛肯定是没有黑眼珠了，大面积的眼白布满血丝，只剩瞳孔聚集的一个小黑点。晕了有几秒钟，等起来后坐在沙发上，恍惚地认为，我刚才一定是死过了。

十八九岁，第一次感受死亡，倒也没什么，有些后怕，没有恐惧，只是终于认识了“我”的渺小。

三年前，我哥生病，我陪着他去北大医院复查，医生说：“你这么年轻就得这病，不排除遗传的可能，你弟弟也要查一下。”当时我就面如死灰，在出结果前的二十四小时垮得像个穷人祈求上帝宽恕一样。我很容易悲观，那一天一夜我就认定了我也是，因为当时有点儿感冒，坐车也疲惫，我就认为一定是症状。于是我想到了我的死亡，我该怎样去死。我想如果我也是的话一定不要让我爸爸知道，然后我会回终南山，找个寺院，在寺院里偷偷死去。

第二天的时候，拿到单子第一眼看到的就是肌肝数值很高，是的。于是就见我脸色发白，心里说“完了完了”。我哥接过来说拿错了，那张是他的，我的是下一张：肝功、肾功、血常规，一切正常，只是感冒有一点儿炎症。

虽然结果没事，可是这揪心的过程也相当于得了两天绝症。

差不多每个人成年以后看到与死亡有关的事件时，都有过对死亡的想象，想象亲人、爱人，想象自己。只是传统比较避讳这些谶语，所以我们大多数时候只是想想，不便言说。但死亡对我来说是所有存在问题里面的根基，所以我绕不过，并且我发现只有直面，我才有超越它的可能。

电影里看到一个人被枪指着，一个人腿被炸断，电影里看见很多悲剧，但感觉不到疼痛、感觉不到无助、感觉不到恐惧、感觉不到绝望，只有自己疼时才是撕裂的、无力的。“绝望”这个词在悲剧的当事人眼里太苍白了，只有挣扎等一些肢体语言才能释放绝望，所以绝望的人会哭、会叫、会失眠、会想死。对于那些随时都会死的人，安慰是苍白的，只有自己能接受自己很快会死这个事实后才有意义。因为血从他身上流走，眼睁睁地看着自己熄灭，当光线慢慢变暗，只有他能看见。人在绝望里，只能自救。陪伴的人所要做的，就只陪伴就好。

如果成熟就是经历了各种疼痛、绝望、恐惧、无助、抛弃、被抛弃的结果，那么死亡就是对人最深刻的教育。电影《返老还童》里面有一段对我影响很大。布拉德·皮特演的男主角，在男主角的父亲生命将熄灭时，推着父亲的轮椅，带他到海边看了一下日出。没有语言，更没有眼泪，特别平静。生死是我想得最多的课题，其他都已找到了药，只有生死始终无法释怀。但那一刻我一下子坦然了很多，我看见了那个坐在轮椅上的父亲，眼里看到的那一幕：万物实实在在轮回，自己也实实在在走了一生。

我老了行将就木时，也要这样看日出——太阳升起来，我离开。万物继续，我来过。

其实这只是靠想象力触摸到的一点点坦然，真正要和这阳光后会无期时，我肯定也是极不舍的。还是时间。以前我觉得我很强大，死都是别人的事。年龄大了，经历的死亡教育越来越多，才清楚我跟其他人没什么不同。同样作为一个生物生活在这块土地上，只是世界观、价值观不同，认识不同而已。我所自负的无非是自认为视野更开阔一些，但是地震真来了，也会把我跟那些莫名其妙的人一块拍死，我并没有我的神。所以我找了很多药来想象如何直面死亡时不用那么狼狈。不过后来发现，无论宗教还是哲学，哪一种药都只能安抚一瞬间。而要做到真正的坦然，唯有时间。五十知天命，人到了岁数，应是自然就可以直面了。

也许正是因为生命这么不堪一击，活着才更应该理想主义。

年初时陪老熊一起做了一次全身检查，大脑、心脏、血液，体内各个器官的彩超等。二十几年，第一次做全身体检，生怕有什么隐藏的大病，我太胆小了，我老了。结果出来一切正常时，整个人都明朗了。所以有时候会想，真正可怕的并不是死亡，而是面对死亡，知道将要死去。

对死亡的恐惧比死亡本身更可怕。

每次进医院，都会觉得像是进入一个全是畸形人的、阴郁的、压抑的荒诞星球。看见穿着病服的病人成群，就好像菜市场角落里堆积的烂菜叶子，全是干枯的、发黄的、生虫洞的病叶子。出了医院，大街上走的那些，才是翠绿、饱满、水嫩的青菜叶子。所以每次阳光照在我健康的叶片上，就有幸福感。

好想打个滚儿。

抽烟

“抽烟”，写下这两个字之前，我先点一支。

不像食物，没有人一生下来就对烟有生理上的需求，都是在生活中主动去依赖它，最终臣服于它。多数人最初抽烟的转折在中学时期，对古惑仔或者混事姐“脸谱化”的印象，认为抽烟的样子“很酷”，就像黑社会的文身，“烟”也被神话成了一个符号。经常被欺负的学生，下课时跑到厕所里跟吞云吐雾的前辈们凑到一起，抽一口，也就算入伙了。放了学站在路口吐一口烟，戴眼镜的小学妹路过都低着头溜着墙根儿走。

人生第一次体验“霸权”，是因为抽烟。

有的是为反叛，会抽烟标志着跟“好学生”有了划分，跟“戴眼镜的学霸”有着仪式性的区别。青春期的少年，“学霸”就等于听爸妈话，没有特立独行的魅力，不够酷，容易被同学耻笑。所以学霸又抽烟，就不一般了，被“尊重”，被各种羡慕嫉妒恨。

还有一部分，是对文艺的误解。不知道什么时候文艺成了一种姿态，总是把烟跟那些酸溜溜的词语联系在一起，“落寞”“孤单”“忧伤”“黑色”“西藏”“丽江”“热泪盈眶”……很多小姑娘，读了几本《最小说》之后，就开始迷恋，那些左手寂寞的指间夹着一根孤独香烟的伪文艺范。

年龄再大一点染上抽烟习惯，多数是因为失恋或者茫然，没有姿态，也不愿外露，一个人坐在屋里的时候，拉上窗帘，默默地抽。蓝色的烟在空气里弥漫，像流动的音符，打破沉闷的房间。

到了中年才开始染上烟瘾的，基本都是迫于生活压力了，酒桌上需要烟酒来促进关系，回到家站在窗户下需要点一支烟缓解焦虑。久了，就成了生活的一部分，丢不掉，被烟控制，没有它，坐立不安。

两年前，我一支烟也不抽，一直都是。熊老师烟瘾很大，一天一包以上。每次老熊掏出烟点上时，都会习惯性地给我递一下，半推半就地说：“来，抽一支。”每次我都果断拒绝：“我不抽，我不抽。”突然有一天，老熊说：“来，抽一支。”我说话说得正兴奋，顺手就给接了。点上之后，我愣了一下：咦？手里怎么有支烟？这种意外次数多了就发现，上厕所要抽一支，改善下环境；喝酒时要抽一支，压一压酒味；朋友聊天时要抽一支，可以过渡突然没话说了的尴尬。直到有一天，我在写字，突然坐也不是站也不是，这时一盒“黄鹤楼”搔首弄姿地躺在桌子上散发着诱人的香，于是我拿起它，撕开它的封口，狠狠地抽了两支。然后它就暗淡了，我也踏实了很多。我坐在那儿，突然感到沮丧，刚才那种失去理性的渴求，让我意识到自己应该是有烟瘾了。

一直跟自己对抗，对抗欲望，对抗贪婪，对抗人性阴暗面和成人生活里饱受摧残的价值观，因为这种对抗改变、完善我自己，可以让我安静专注又幸福。但烟瘾对我来说，心理、行为被控制，让我非常抵触，我实在不喜欢被某种惯性牵制。

每次想到这里，我都感到焦虑，每次感到焦虑……你懂的。

挖树根

院子里之前伐倒过一棵臭椿树，根一直长在那块平地上，没有清除。这天天气不错，早上洗把脸，我决定挖掉那个碍眼的家伙。

没有开挖之前，我觉得这棵大腿粗的树根，应该只需要双手卡紧，用力一拉，像拔萝卜一样，就给拽出来了。我拿着镢头，站在它面前，看着刚被雨水浸泡过的松软泥土，都能体会到倒拔垂杨柳的快感。一定是抖一抖根部的土，像掷铁饼一样，直接扔到山对面去。我暗爽了一把，便给了它一脚。当我用脚踹它的时候，就像鞋跟踢在岩石上，功力用了九成，它却岿然不动，并且连皮上的尘土都不曾落下一粒。

现实总是不断地给想象力泼冷水。所以结果是，我先是花了半个小时在周边挖了一个直径一米五的大坑，再花半个小时把大大小小的根系锯掉，然后又花半个小时把主根锯断，花十分钟清理，二十分钟把坑填好，耧平，加上中间歇息喘气的一个小时，这样，半天就过去了。最后我狼狈地把这个椿树根翻着个儿往院子外面推，脚底下屎壳郎滚粪球都超我很远。又一次满头大汗之后，终于将它推下山。

而这，只是个开头，我必须再等几天下一场雨把土渗实，等半个月把土晒干，再等一个月脚踩风化，一棵树根和它的痕迹，才能从我的院子里彻底清除。

刚才摔了一跤，感觉挺不错的

阴雨路滑，上山时摔了一跤，过程很短，动作很流畅，左肩和左腿胯部同时着地，声音沉闷而有力。这一跤摔得并不疼，也没蹭多少泥，姿势也很潇洒，很完美，三岁以后都没摔过这么大气了。只是遗憾的是，我摔倒后竟是条件反射地环顾四周，看看有没有人。真是奇怪，一个人也没有的时候，不疼不痒地摔一跤，像个在蹦蹦床上蹦跶的小宝宝，其实感觉挺不错的。但有人的话，好像就变得狼狈又尴尬了。

看来确实，羞耻心和自尊心，皆来自他人。

意义

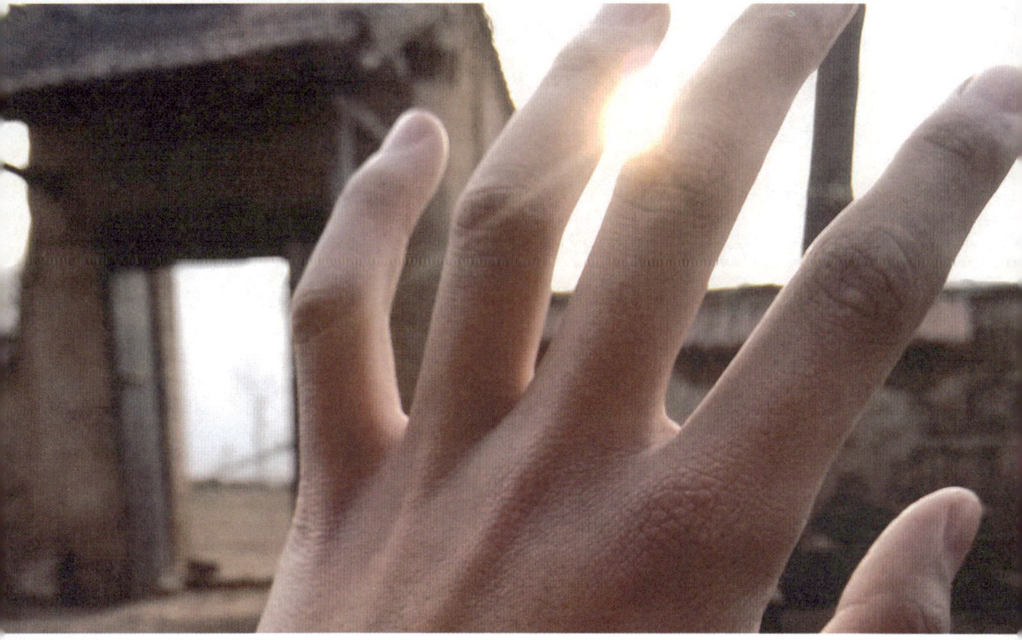

大年初一那天，我坐在院子里，太阳暖和得不像冬天，晒得人有点儿恍惚。靠在椅子上，突然想起去年今日坐在这里也是这个姿势，然后眼睛眯起来，似乎也能看见明年此时，每次这种存在和虚无感并存的瞬间都让我感到紧张。

时光荏苒，人生苦短。我经常想，我所想要获得的意义，比如艺术史，比如那点儿英雄主义，到底有什么意义？假如站在此刻的这个点上，从“我”开始，把历史拉长来看自己，再拉远，从人类的角度来看这段历史，然后继续拉远，站在地球上看人类，站在银河系看地球，再拉远，站在整个宇宙看你在那颗叫地球的尘埃上留下的“作品和荣耀”，一粒尘埃里的一粒尘埃，如此微不足道。

人的一生本身没有意义。

现场直播

某个颁奖盛宴上
你穿着礼服
高举酒杯
频频与人合影
那一刻
聚光灯打在你脸上
你以为，那是一道圣光
与直播现场
只隔一墙的
老王夫妇
手拿遥控器
你的画面，只闪了一秒
就被切换到连续剧

科学让人虚无。把自己生命的维度拉长，放在五万年、五十万年的跨度里去审视这一生的荣耀，这一切什么名和利，都很可笑。一切存在、生命和痕迹，终归就是一把土、一块岩石。

吃菜要紧

在座的每一位
各自为王的艺术家
咱们都有
同样一个自大
都曾有过自恃天才的
想象
都暗自以为
自己是这个酒桌上的王
这让隔壁桌上另外的九个王
和这家餐馆门外的
十几亿个王
怎么想

但作为活着的个体，在这一小节微不足道的时间段里，又需要有意义地活一生，因为作为活着的个体，需要意义这个东西，让我在这短暂的一生里有存在的乐趣。

我当然知道，只是我必须假装我想留点儿痕迹。

阅微知著：论『不读书』

专注与深刻

农村的孩子，没见过什么课外书。一本没有封皮的《365夜》，从小学读到初中。到了最有读书欲的中学，读书的时间又被我爸的偏见捻断。印象最深的就是，语文老师让读名著，我买了本《傲慢与偏见》，我爸看到后就把书夺过去说："你这是要坐牢的啊！"反正在我爸眼里，只要不是听他话老老实实按部就班的，就都是会走上歧途的。看黄片被老师告家长了，我爸说："你这是要坐牢的啊！"偷抽屉里的钱打游戏了，我爸说："你这是要坐牢的啊！"和人打架了，我爸说："你这是要坐牢的啊！"留了个长头发，我爸说："你这是要坐牢的啊！"

"你这是要坐牢的啊！"……

所以整个中学时期我都没读过什么书。到了大学，有网络了，就整日埋头于找各种各样的音乐存在电脑里，一边听一边根据音乐想象各种情境。到现在，唯一的读书欲就只剩“资料查询”。读书太浪费时间了，好讨厌读书。说真的，我每天还得画画、晒太阳、发呆、听音乐、写字、喝茶、做饭、喂狗喂鸡喂鹅、给菜浇水、收鸡蛋，太忙了，哪有时间读书？

有次一个老哥问我，你知道《约翰·克利斯朵夫》吗？我说什么夫，没听说过这个人呢。老哥说：“玩文学的怎么能没听说过《约翰·克利斯朵夫》？罗曼·罗兰的名著啊！”我说：“啊，罗曼·罗兰我听说过。”

最近三年的记忆里，就只完完整整读过两本书，一本是韩东的诗集，一本是李娟的《我的阿勒泰》。老外写的书，更是一本都没读过，从小到大就只知道一些名字。曾经有一段时间我因为这个很自卑。别人一张口都引经据典，提到的名字我都不认识，觉得他们都好有学问，我好惭愧。后来发现，人对世界的认知，其实和读书多少是没有关系的，是方法论的事。

我读书都是当工具书读，一个人一生要读的书，几十本就够了，图书馆里的书浩如烟海，大部分是不用看的。比如当代人写的东西全都是出自那几十本秘籍，那何必浪费时间读他们的东西呢？直接读他老师的不就好了？我练书法就是，临几遍帖，学学怎么握笔就自己去试着写字了。这个逻辑追根溯源的话，就是：假如大家写书法都必须学“二王”，那么“二王”学的谁呢？如果都学老庄，那么老庄跟谁学的呢？老庄读谁呢？老庄不读外国文学，也不读四大名著，没听说过王小波，也不知道博尔赫斯，不也一样有智慧吗？老庄跟自己学都能成为老庄，后人读了那么多名著也没见智慧能超过老庄。

据说一页报纸，是一个古人三年的信息量，但你每天读那么多报纸、书，也没见比古人有情调。

所以就有一种观点：天才不读书，读的是世界。当然这有点儿玄乎了，天才论是很无知的。我相信天赋论和方法论，就是人对求知欲的专注与深刻。没有无用的书，也没有无聊的事，主要是以什么视角去看。我不喜欢在问题的水面没有结果地思考，相对我更希望能钻到水底去看清到底是什么在搅动。

有次听到画室学生放一首凤凰传奇的《沙漠之恋》，好听极了，一点儿都不像是这种类型的乐队做出来的音乐。“凤凰传奇”这四个字一出现，我的第一个画面就是：一个农村的90后小伙子光着膀子（胳膊上还文了个失败的滴血狼头），骑着摩托车，后座改装的自带音响，一路飞过去了很远还能听到他摩托车音响里放的《最炫民族风》。这样的场景很多，所以有代表性，很多打工的人都喜欢这样的造型，认为很酷的样子，文狼文龙表明自己“狠”，摩托车自带音响很拉风，回头率高。

其实你会发现只因他们被农村打工的和广场舞大妈推崇就成了通俗文化的符号，所以我们就不自觉地从内心排斥，太土了，要划清界限。如果抛开这种印象，就当是在还没有流行之前第一次听到他们的音乐，你会发现还是很好听的。所以那些抵触凤凰传奇的小众，并非真心认为凤凰传奇难听，只是觉得俗。俗，就变成了难听。所以这种土或者俗并不是音乐俗，而是代表着一种俗的符号和标签，跟音乐无关。

因为流行，就不自觉地排斥，就会忽略了音乐本身的质感。一种音乐之所以会有受众都不是偶然的，背后都有可解构的文化属性。《红尘情歌》和《广陵散》背后都有各自的语境，什么样的音乐都有属于那种音乐的质感。

这是那天下午我听到一首凤凰传奇的歌时读到的东西。

看到一部烂片我会想，哦，这就是烂片，终于知道烂片到底有多烂了。然后会去想它是怎么烂的，为什么烂，烂片的套路是什么，烂片的受众怎么看的烂片？为什么它这么烂还有那么多人喜欢？为什么有人觉得《小时代》好，有人觉得烂，这之间差异的节点在哪儿？并且偶尔看烂片挺好的，以后拍喜剧片就可以拿烂片的套路镜头来严肃化，以制造出荒诞的喜剧感。

我也看过几期《非诚勿扰》，娱乐过后我需要解决的是：为什么一半以上的中国人在看这个节目，它被追捧和火热的深层原因是什么呢？既然一切电视节目的“策划”都是投其所好，那么这个节目哪些部分的“夸张处理”是给收视率增色的呢？

比如《穹顶之下的雾霾》，我的兴趣点都是雾霾之外的部分：互联网传播、新媒体话语权、人性以及民族性、粉转黑的节点、支持与批判背后的大数据、政治动机背后的博弈、名人效应的价值与隐患、环境保护的希望与悲观、治理污染到底该谁来埋单等。

就像我所有文字里引用的人名、文章和概念，我都没读过，但一叶知秋：就像西方哲学史没读过，只看个目录简介就知道在说什么了：就像“批判现实主义”，一看词语，就知道哪些作品是批判现实主义。带有批判性的现实主义作品嘛。一本书有很多密码、标签、关键词。

其实就是方法论，专注与深刻，吃透。在工业时代，人太浮躁了，信息也太碎片化。一个问题才了解个小枝节，另一个耀眼的问题带着新鲜扑面而来，所以就只能丢了苹果去捡桃子，丢了桃子去捡西瓜，最后肚子里还是空的。微信时代的悲哀就在于，专注被消解得太快。像朋友圈一样，每天狂轰滥炸的信息，一个热点还没消化完，就被另一个热点推到信息洪流里。专注与深刻太重要了，我觉得有兴趣的问题就一定要把它吃透，这是一个问题对于我的价值和意义。

很多敏感的人意识到这些，才有了从城市退出来的觉醒、纸质书的回归等。聪明人都知道，抱着一个西瓜吃饱比较好。

知识的诅咒

有一天百度“萨特”是谁，读了几句关于他的思想的话，很是郁闷，这怎么跟我想的都一样呢？跟我整天反复咀嚼的存在与虚无完全契合。于是我就赶紧合上书。我合上书是因为我不愿意靠读书去理解存在与虚无，而是要靠求知欲和专注。因为靠求知欲而思考得出的认知是有质感的。就像有天在城里，看着那些火柴盒大小的楼与楼之间的蓝，我真的看见，站在楼顶踮起脚都够不着的玻璃层了。就像有段时间觉得每个人都有表演性，世界恍惚得像梦境。

什么是知识的诅咒呢？就是当我说“有天在城里，看着那些火柴盒大小的楼与楼之间的蓝，我真的看见，站在楼顶踮起脚都够不着的玻璃层了。就像有段时间觉得每个人都有表演性，世界恍惚得像梦境”时，有人站出来说：“你这是楚门的世界！”

其实，你是先有了《楚门的世界》的概念，然后看到我的问题，逻辑就被直接拉到楚门的世界的轨迹上去。而我是真的差点儿走不出来，看到《楚门的世界》时有相见恨晚的共振。逻辑是有轨迹的，而逻辑的轨迹，就是知识的诅咒。

被知识诅咒最严重的就是那些史论工作者了。史论工作者大脑里都是一个个“概念”，任何事物一出来逻辑就对应了什么什么主义、某某说等现成概念。于是写出来的文章读起来都是晦涩难懂的词语，像是卖弄学问，很费神。但是史论工作者却意识不到，因为他自己熟悉那些概念，所以他就觉得："原教旨主义""沙文主义"，我写的不都是常识吗？通俗易懂，可是大众怎么读都不读就把我折叠了呢？

因为你熟知的，读的人都没听说过嘛。就像我读过一篇文章叫《贤者时间》，大概就是说男人在射完精的一小段时间会有空洞感，是最理性、最清醒的。于是我恍然大悟，哦，原来那种"没有情欲，只剩喜欢和不喜欢的理性"叫"贤者时间"，于是我写东西写到"没有情欲，只剩喜欢和不喜欢的理性"时，就想用"贤者时间"。我认为大家都和我一样懂啊。后来我才意识到，我被知识诅咒了。

于是我就主动地消解语言，尽可能地让语言都是自己的。

还有一种人经常一张嘴就是佛经或者佛经体，这是我最警惕的。人容易被知识控制，容易用现成的，而不去自己寻找。并非说佛学不好，而是说佛学太系统了，系统到可以从任何一个细节解释世界。但解释世界的道路其实是有很多种的，而大部分人只看到一种，认为只有那条路可以走得通，其他路都是旁门左道。所以我认为是狭隘的。应该是能看到很多条路，然后又能看得见路路皆指向同一个点。所以越是学问大的人对待事物的包容性越大。

这个问题再延伸下也很有意思。就比如说，你看李娟写的东西，干净，很难找到与之对应的文笔。而很多写作的，一下笔，就都是前人的路数，就是我们说的出处，就像很多艺术家一出手就是弗洛伊德。只有李娟那种才是独立思考得来的。在阿勒泰那种地方，再看她的生活环境，哪有那么多书可读。所以文笔才干干净净，和说话一样灵动。

当然我是因为“每天还得画画、晒太阳、发呆、听音乐、写字、喝茶、做饭、喂狗喂鸡喂鹅、给菜浇水、收鸡蛋，太忙了”，所以只能拿书当“工具”使，思考遇到“瓶颈”时，还是会打开书。但更多人是为休闲、愉悦、填充空白、丰富想象力而读书，不能一概而论。只是说不管是艺术还是生活，自己思考得来的东西，都会比直接去拿别人的用更有效。我现在很庆幸，在我刚想读书的时候我爸及时把我阻拦，“你这是要坐牢的啊！”

『不要扫雪』

每年冬天都跟永琴强调，不要扫雪不要扫雪，白白净净的多好看，你不扫它自己该化的时候也会化掉了。但永琴还是会忍不住偷偷地把雪扫出一条路。就像我奶奶，我说院子里的草，不要拔掉不要拔掉，反正又不是长在菜地里，路两边绿绿的多好看，但我奶奶还是忍不住内心对草的痛恨，一株草芽都不留。

那大概是农耕文明里对草几千年来的定位，在我奶奶看来，长在院子里的草，就像长在麦田里的寄生兽，不除掉，实在难受。

每年将要过冬的时候，我都和永琴说，不要打柿子不要打柿子，你又不吃，挂在树上，一串串红红的盖着雪，多好看。但永琴每年都会偷偷拿着竹竿把能够到的柿子全部打到地上。在她看来，秋天一过，柿子挂在树上，就像熟透了的粮食，没有收割。

年前院子里放了一年多的两棵树桩，找邻居拉下去开了两锯，截成板，一棵用来做茶海，一棵做案。其中有一棵是空心的，截之前我就想，不要太平整不要太平整，截开后，切面的虫洞果真错综有序，堪称完美（只是遗憾木料太差）。我的反应是，真棒，太漂亮了。截板的工人和邻居就忍不住笑，说这还漂亮，给我我都不要。

砌墙的时候，我跟工人说，不用太工整不用太工整，笨笨的挺好看的。工人就笑话我，这墙砌得跟旧社会要过饭似的。刷墙的时候，我反复强调，不用太均匀不用太均匀，斑斑驳驳留点儿肌理。扎篱笆我说，不要太齐不要太齐，参差不齐有点变化。挑根拐棍我说，不要太直不要太直，曲直疏密有点节奏。

直到现在看到我院子里的照片时，还有人说，玉米都已经收了，玉米秆怎么还留在那儿不砍掉?

旧美学

我发现人类文明的程度，就体现在对“旧”的审美上。时尚界隔上几年就会有一次复古运动，古典、新古典不断地交替。高层次文化精英玩的艺术，都是“旧”美学。纯手工，原生态，文玩，古董，古建筑，去看看那些艺术家的工作室吧，老厂房、拴马桩、拖拉机、唱片机，一切的旧物件儿都被艺术家们买回来装点自己的工作室，艺术家的工作室，标示着在大众之上的、最前卫的审美。这不是偶然，而是审美到一个阶段，指向的都会是同一个点。

老孟说人对旧的喜好是农耕文明的记忆，比如文玩上面的包浆，其实就是农具上被长满茧子的手常年握出的那部分黑釉。对“旧”的审美、返璞，是对现有生活的反思和觉醒，是文明发展到一定阶段的产物。

前段时间我爸来看我，气喘吁吁地爬上来后，往我画案前面一坐，就开始抹眼泪。说怎么也没想到你过得这么穷、这么苦，受这么多罪。我一脸无奈，说我应该是最富有的人了吧。我爸瞥我一眼说，咱村里最穷的都比你这好，连个路都没有，你看你住这破地方！

我这地方对于他来说，确实破到赤贫、五保户的标准，所以我实在不知道从哪儿下手反驳。于是我只能避开表面不谈，开始说我过得如何得意，如何逍遥自在。我说你看我每天都是星期天，每天都可以睡到自然醒，有吃有喝，这不很好吗？然后我爸说，你在西安能够买套房子，有份稳定的工作，那才叫过得好。我说我好不容易从监狱里逃出去了你又非要把我抓回去，大义灭亲啊？可有意思？

停。对话到这里，差不多就不能再继续了，不然我这几年修的淡定又散了。父母就这样，他们总是想以他们的价值观改造你，撇直或者掰弯，那是他们的“爱”。而我们之所以反应比对外人更强烈，就是因为这错位的“爱”。所以我们都知道要想过得好，就得和他们保持距离，因为和父母的关系，怎么改变，最终都会变成婆媳关系。

我爸对破旧的理解，我之所以无力反驳，就是因为无法让他知道，我那些“破”，是审美的产物，就像书法，稚拙，但不失法度。一砖一瓦都是有章法的。种一株花我都会考虑整体关系，像摆静物一样去审视大大小小的节奏。我的审美指向的是美学里的“美”，是多样的、复杂的沉淀，是散点透视。他的审美是一点透视，对所有事物美的标准，都指向同一个点——“有钱”。就像很多人装修房子，只在意每一种材料的价值，而不考虑整体协调性。所以实木地板、水晶吊灯、欧式楼梯、巴洛克卫生间、意大利客厅等，全堆积在一个一百多平方米的房间里，像个杂货铺。

所以我爸最终对我的建议是，你这围墙，现在看谁家还有土坯墙?旧社会才是土坯房，你拆了，换个铁丝的。房顶换个那种红色的彩钢瓦，不就不漏雨了？还漂亮。院子里铺上水泥地，屋里买几张地板革，还能拖地。按照这种审美，再有钱一点儿，一定会是镶瓷砖，继续的话，就是罗马柱、防盗窗、红屋顶，有个车库。终极的审美是：土豪金。

不能想象终南山矗着这样一栋房子！！简直让人想死。

我和我爸这种旧的美学和新的美学的矛盾，背后的深层因素，就是我和这个世界的矛盾。

父与子

父亲

跟我吵架
他从没赢过

跟所有叛逆期的孩子一样，上中学时我跟我爸的关系很僵，简直到了要断绝父子关系的地步。跟我吵架他从来没赢过，都是我恶狠狠地压制住了他，每次他都觉得自己很失败，在我面前被对抗得如此没有尊严，那种落寞我现在想起来，愧疚得揪心。现在想想，其实那几年的对抗，我和他都有问题，而这个问题无非就是大家都以自我为中心，想改变对方。

现在关系好了，是我理解了他（虽然他依然无法理解当时的我）。

我爸是一个普通人，无数街头行人里的一个，世俗而平庸，这种社会的角色对待儿子避免不了“你是我儿子，你就应该听我的”。我处在青春期，从无知到开始思考的转折的阵痛阶段，迷茫、彷徨、孤独，在这样的年龄段，经历有限，“你应该理解我”这种想法，我也无法避免。

于是有对抗：“你怎么就不听我的！”“你不理解我！！”

两个人都很狭隘。举个例子，做儿子的，十六七岁的年龄，思考刚被打开，摇滚乐、先锋、独立、另类等叛逆的东西在现实之外的另一个世界招手，像一朵“恶之花”吸引着我，于是我就去迎合：留了过胸的长头发，春夏秋冬衣服都是一身黑，眉毛上戴了个拇指粗的钢制眉环，腰里永远挂着一个骷髅头做的腰链。我爸一农民，虽然是小学教师，但毕竟是从 20 世纪 60 年代过来的人，看见我这妖魔鬼怪的造型，着实吓得一愣，实在想不明白，更是接受不了。最让他感到痛苦的是，每次回家，村里大妈、大婶必然都在背后指指点点——“啧啧，你看秋生家那二孩子，头发比女生还长，眉毛上还戴耳坠子……”于是我爸就指着我的眉毛说：“你这是要坐牢的啊！”

而我越是被压制，就越是有种坚守理想主义的使命感，越是不被理解，就越是觉得“众人皆浊我独清”。

你是我儿子，就得听我的。掰弯，或者撅直。于是，僵持的程度可想而知。后来看到 80 后有过一场“父母皆祸害”的讨论，发现这种对抗不是我一个人的问题，一代人都是这么过来的。现在我理解了，其实有时候并不是父母自私，而是方式。君君臣臣，父父子子。养儿防老，二十四孝，是根深蒂固的儒家传统，不能怪罪到他们头上。

如今我和我爸能重新好起来，最大的原因也是我理解了他价值观的生成与生长环境的狭隘，当然我说的狭隘，不含任何褒贬。就是说我爸怎么想，甚至现在提起来还是不理解当时的我，是因为他的环境与经验，是他语境里的价值观。而我却是太无知，要求太高了。他只是一个普通人，又不是教育家，我凭什么要求他像个心理学家一样理解我那点十六七岁的破孤独呢？而作为父亲，他已经做得很好了，那些年里，吵架时被我挤对得那样心痛，但每次我有了什么不顺的，他还是一样担忧。

倒是做儿子的，很惭愧，到现在还没能力孝顺他。

秋生

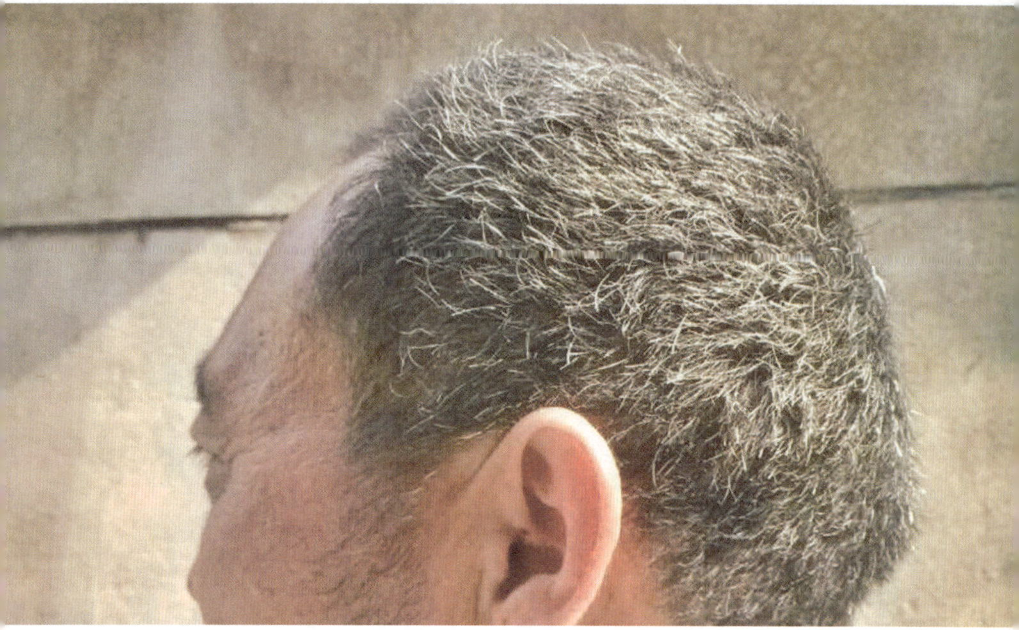

秋生

——献给我的父亲

河南省
驻马店市
上蔡县
和店乡
高庙村
9队

的
张秋生
是我爸爸

大概跟那个时代崇尚工人有关，那些 60 后的男人都是自己盖房，自己打家具，收音机坏了会修，水管坏了也会修，好像什么都会，很Man。小时候最大的印象就是，我爸爸好厉害，一百多斤一袋的粮食都能一口气扛几十袋。而现在的男人就只剩精雕细琢的胡子像个男人了。不可否认，工业化和信息时代让人的生活更有质量，但太过了，同时也会带来另一种缺失。

和时代有关，我爸打小就有那种农民或穷人的自卑感，对“城市”的一切附属品都是仰视的。小的时候穷，喜欢画画，但没人教，就是喜欢画。经常对着被单上绣的花鸟临摹。反正看到什么都画，搪瓷盆上的鸳鸯戏水，画册上的二十四孝，只要是有图的，就对着临摹。这让我很惭愧，我到现在还没有爱过画画，画画对我来说顶多是喜欢，甚至有时候只是“需要”，而他真的是“热爱”，却生不逢时，出身和时代都没有给他继续画下去的条件。

爷爷走得早，奶奶守寡半辈子。长兄为父，作为老大，家里大多数父亲该做的事他都主动承担了。继续上学的机会让给了二弟，给三弟一手操办盖房子娶媳妇。分地分家，生活就这么结结实实地过着。

娶了个好媳妇，又有了两个宝贝儿子，是他整个中青年时期最得意的事了。日子很向上，小时候对艺术的爱就给勾起来了。做生意吧，和艺术得沾点儿边。就和媳妇一块，开了最早的照相馆。字写得不错，画也练过，农村家里画中堂，店面写个美术字什么的，都找他，他是附近几个村有名的艺术家。是艺术家就比普通人气节高一些，也傲一些，于是就很少结交朋友，只跟自己家人享受安静的生活，种花、养鸟、练字，知足常乐。

小时候我家院子有个花园，种满了各种植物，芭蕉、月季、白玉兰，每年冬天门口和窗台上还会有很多盆漂亮的菊花。我爸在屋里练书法，我妈在做饭。他们两个从来没吵过架，过年在家，据我观察，我爸随便装个傻、讲个笑话我妈都会像个小姑娘一样笑得咯咯响。幸福啊，满满的。男人像个大男人，女人像个小女人，似乎那个时代的男女关系相对于现在的“平等”，更具有稳定性。

平等，不一定能够平衡。

中年时期，还算可以，两个孩子都学了美术，考上了大学，等同于延续了自己的梦想。老二上的还是美院，在左右邻居面前，讲话声音都大了，都是他的劳动成果。只是，头发也白了很多。

时代变迁，照相馆没落了，中堂也换成了印刷品，没人要画了，手写的广告牌也变成了灯箱。过日子，人也得顺势而行。种植养殖都试过，都不轻松，没赚到钱，但也没赔多少。赶上民办学校的风潮，刚好农村公办的小学都在得过且过吃公粮的下坡路上。于是说干就干，租了村里的地，贷款盖了十几间房。一转身，就当上了校长。小学一年级到五年级，撑了五年。太欺负人了，政策好好的，我们都符合，我们教得好，村民反映也好，招了六七百个学生呢，怎么就是不给我们批呢？不给批就没补助，没补助差不多就等于白干了。

这一晃，五年，我妈妈的头发也白了。

人生有起有落，男人每次都能站起来。但五十岁这次，撑不住了。最疼的大儿子刚稳定了工作和爱情，就查出了尿毒症，这太残忍。他想不明白，哭了多少次，站不起来了，认输了。五十岁那年，那个什么都会、能一口气扛几十袋粮食的我的父亲，彻底像个老人。

如今生活上，儿女都不在身边，倒也没什么。只是三十年没离开过自己的妻子，为了方便照顾透析的大儿子，要分居两地。几十年了，突然空荡荡的大院子就剩一个孤独得抬不起头来的身影和一条干瘦的黄狗。病了，抑郁症，这个“悲观蚕食人心”的病。抑郁症是悲观主义的花，是会让人自杀的。

幸好，大儿子的女儿出生了。多多，爷爷的小孙女，像个小太阳，每次回到爷爷身边，爷爷心里就被照得透亮。多多，我的小侄女，治疗抑郁症最好的小药丸。

过年时我和我爸聊天，我爸说前些天路过花鸟市场，想买只鸟儿，但想想正在透析的大儿子，觉得不太好，还是算了。

父母是要『骗』的

妈妈打电话，说看到我手上磨了水泡的照片，说着说着就哭了。我安慰了半天。我说这有什么心疼的啊，你应该高兴嘛，男人干点儿活什么的才有男人味啊！我妈听不进去我逗她，还是哭。安抚了好半天才平复。

报喜不报忧，是对父母最好的爱了，所以我们都知道把自己最狼狈的一面藏起来。我一直都认为父母是要骗的，骗他们放心，骗他们你四十岁再结婚也能找到媳妇，骗他们你吃住都很好，没有感冒。给他们荣耀和放心，就是最大的孝顺。

我就经常骗我妈。每次回家我妈都觉得我再不结婚，估计就得像村里那些找不到媳妇的光棍了。我爸也在旁边煽风点火，说你这连媳妇都找不来，最后说不定真的跟那个老孟一样了。什么朋友，四十多岁了婚都不结！自从他俩知道老孟没结婚后就整天担心得像是学霸儿子交了个小混混。后来我妈听说终南山寺庙很多，又整天担心我会不会出家。我妈妈很可爱，曾经翻着我自己印的诗集说一页就这几个字啊多浪费纸。还爱翻我的包，偷偷地，她觉得我很神秘。她想了解我，以她的视角。比如以我包里的东西判断我在外面都干吗了。不过每次都没什么惊喜，因为我的包本来就和我的生活一样空荡荡的。

他们有爱，但又不知道或理解不了我的世界观，于是我就只能骗。所谓骗，并非欺骗，而是寻求一种他们可以理解的共同话语。就像我奶奶问我雕塑是什么做的，我本要回答的是“玻璃钢，一种复合材料”，但是她不懂“玻璃钢”，对“复合材料”也没概念，于是最简单的办法就是找一个她现有的概念，与之交谈——塑料做的！所以我有时候会在父母面前夸夸其谈，说自己有很多姑娘爱，四十岁也能给他们找个大学生儿媳妇。说画画可以挣很多钱，说完自己都脸红。但是很有效。

投其所好，爱必须在他们的话语里实施才有效。所以有时候我就想，当有一天有能力孝顺时，最好就是挣钱让他们挥霍，让他们趾高气扬，让他们在世俗的世界以世俗的方式找到存在，让他们爱慕虚荣，夸夸其谈，让他们耀武扬威。而我，踩着五彩云吃着粗茶淡饭，看着他们幸福就好。

第三章

最好的爱
是一生只爱一个人

爱的质感

我们最初对人的认识，刚开始爱，没有很多细节，于是只会看到好的那一面。并且一般我们看不见另一面的时候，都会本能地往好处想。就像我们远远看见一个美女的背影，身材又好气质又好，然后我们会想这脸肯定能配上这身段。或者，脸必须得配上这身段。所以当转过身来发现脸长得很普通，我们就会觉得太丑了，因为反差和失望太大了。生活也是如此，我们刚开始恋爱，勾勒的生活都是带着诗的，开满花的，即便在冬天也是满世界雪白。不过生活的真相却是由更多乏味而平淡的细节组成。花有开，但一年只有几天；雪很白，但化雪很脏，并且没有电暖器。所以我们都有准备，真实而普通的那部分，才是真相。

差不多我们看到的每一个人呈现给我们的“真实自我”都是冰山一角，好友呈现出百分之五十，闺密至交百分之六七十，唯独长期生活在一起的爱人是百分之九十以上。但是大多数爱情，最初只是爱那初见的冰山一角。其实那一角和我们的微信朋友圈一样，每天发的都是自己最精致的部分。我却是觉得过了那个神秘阶段之后的爱更迷人。比如我们对对方了解更多、更亲密，像亲人那样，可以无所顾忌地犯“二”。过了神秘阶段还会有余味的人，才是最可爱的。

就像我爱生活不足的那一面，柴米油盐，乏味无聊饥饿感。爱人也是，爱她的小脾气、棱角与质感。

爱情的嫁接技术指南

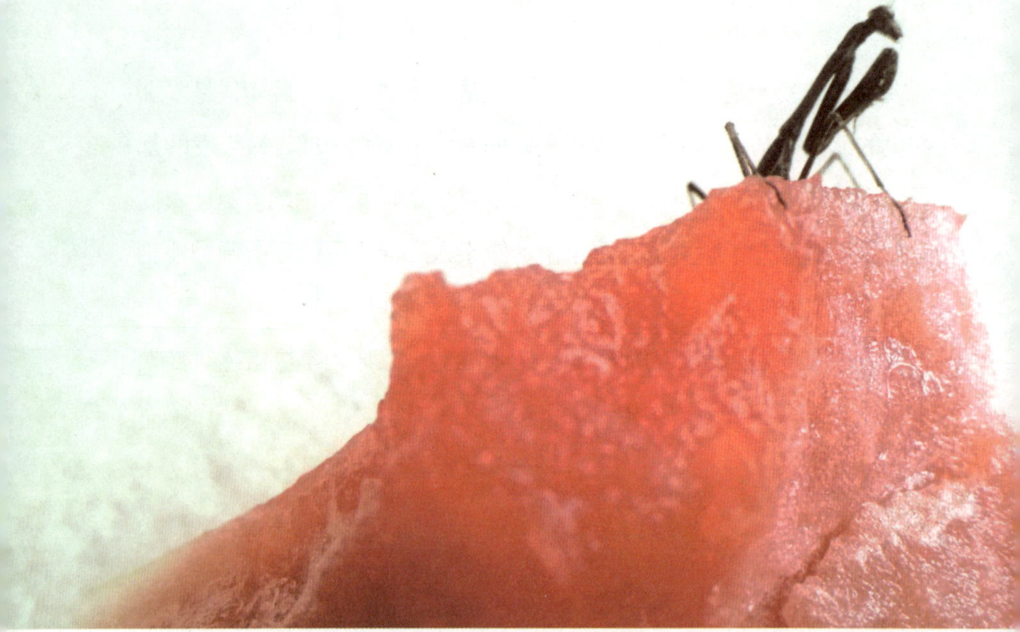

——后来我才意识到，幸福的爱情和幸福的生活一样，是战争，是智慧的结晶。

果树有嫁接，就是说剪断一根枝丫，接到另一棵树的断面上，等长到一块时，就嫁接成功了。但嫁接是技术，所以爱情的前期嫁接是个复杂的过程。爱是相互的，你爱我，我就更爱你，并且我也绝不会主动控制自己。你更爱我，我就更更爱你。但难度就在于，你爱我，我就更爱你，然后你就不爱我了。节制与控制，观望与审视，所以是战争。但嫁接成功后，就可以高枕无忧坐等吃果子啦，一旦血与血、肉与肉、习惯与习惯、依赖与依赖，完全交融，生长为亲情，就可以痛快地释放爱了。

另外，养护比嫁接的过程轻松得多，靠牵挂常浇水，靠自律偶尔修剪下，就可以了。

为什么养护的过程比嫁接简单呢？你看，假如两个人是情侣，男朋友如果太宠爱这个女朋友，久了女朋友就会觉得累，乏味。但是婚后如果哪个男人特别宠哪个女人，这个女人就会觉得自己像个小娇妻，太幸福了。

其实男的方式没变，只是关系变了。

至于两人之间的关系，那就靠磨合了。自知与自律，你愿意改变自己的不足，去成就他，他也愿意为你改变，去成就你，一切所指，都为“幸福”。而不是相互指责对方，要求对方付出。所以完美的婚姻，一定是两个非常有“智慧”的人的产物。

你的身上有妖气

他以为提着开天辟地的板斧

就胆敢

企图说清楚爱情

——妄人症

可能是因为我“暗自狂妄”（之所以用“暗自”是因为自命不凡应与他人无关，仅仅是自我的）的英雄主义内心，我认为，我所赋予爱的人，如果不爱我，这便是个尊严问题（后来才意识到其实这就是个食物链，与尊严无关）。

人有求生的本能，所以，我们怎能因为一个你的存在根本影响不了别人生活和情绪的人，让自己的生活陷入无力和痛苦？所以，我们的爱获得回应是必须的。爱应该是相互的，你爱我，我就更爱你，并且我也绝不会主动控制自己。你更爱我，我就更更爱你，你更更更爱我，我就更更更爱你，你更更更更爱我……嘿，亲爱的，这样就不可以了，该控制了，不然早晚得殉情。

反之，爱就应该是，点到为止。

怎样才是爱，这是个看似复杂但又有规律可循的理性问题。

打个比方，一个姑娘有个毛病，笨手笨脚，走路总是不小心被绊倒。你要是对她没感觉，就会觉得“这女的好蠢”；你要是讨厌她，就会觉得“这婆娘真装”；你要是喜欢她，就会觉得“这小姑娘好可爱啊”；你要是爱她，就觉得“哎哟宝贝，你怎么这么不小心，脚碰疼了没”，然后整个心都要碎了，觉得又可爱又心疼。

可姑娘一直是那个姑娘。

你看，爱情是主观的。比如我把我所有对爱的想象都置放在你身上，主动去调动一切爱的行为去爱你，那么你就会成为我唯一的、离不开的爱人。我赋予你妖气，你就会迷住我变得什么都好。当然你要离开我时，我收回赋予你的爱，你就又很普通了。

失恋，只是花一些时间收回自己赋予那个对象的爱罢了（不过，话虽这样说，但有些人想起来，竟然还是怅然若失）。

只有晒太阳的时候我才能忘记想你

冬天的太阳有穿透力

这恰好说明
你的身上
有妖气

所以来电很简单，对于男人来说只要是个美女跟你稍微有一个暧昧的对视，你都会来电，就是心动。但“爱”其实很难。爱是一种妖气丛生的迷糊，就是我们对面前的这个人失去判断力，你看到的她的一切都是美的，脸上长个斑，甚至缺个胳膊在你眼里都是一种完美。她一皱眉，就会有雨，滴在额头上；她一笑，就有了光。

比如像性感这个东西，你要爱一个姑娘，就会觉得她是最性感的，她的小粗腿都散发着情欲；你要是不爱她，她的火辣在你眼里就只有性欲，没有那种温情的美。

我觉得爱情的爱应该更接近溺爱的爱。我爱的姑娘要是跟我撒个娇，然后说老公你快点儿从这儿跳下去，我可能就跳下去了。当然我不会真的跳下去，是说有这份心，所以我认为爱情应该让你的女人身上，有妖气（不过也有理性触及不到的神秘：“为什么我对这个人可以赋予爱，然后会爱上她，而对另外一个人无论如何赋予爱都爱不起来呢？”这个有待挖掘）。

男人用一生的热情去征服这个世界，一个姑娘不费吹灰之力就可以将其征服，这是个惭愧的事。庆幸的是，爱不具有唯一性，我们一直都会由于某种原因不得不爱上一个又一个的姑娘。

这个世界和我们相吸引的人很多，从来就不止一个，只是我们必须只选一个，所以爱情就是珍惜相互吸引的不容易。

因为人人都有闪光点，所以爱就必须忽略阴暗面，只看那些闪光点，这是会幸福的唯一途径，因为人人都有喜欢和讨厌的理由。所以只有了解人性，反思以及修正自己，才能应付各种困惑。

我很乐意糊里糊涂的快乐，但绝不能忍受糊里糊涂的难过。我觉得如果难过时没法自救，会很绝望。人的求生本能是不会让自己陷入绝望的。于是我就知道，爱情要是想幸福，唯一的办法就是专注，而专注是责任，责任是自律，自律是抑制丑恶的滋生，抑制丑恶的滋生就是让美好喷薄，喷薄而出的美好，便是幸福。

当然，我们都希望，最好的爱是一生只爱一个人。

只是，所以。

打针

为什么有些人天天吵架相互折磨甚至相互仇恨，却还是分不了呢？后来我意识到，这是因为人内心对未知事物的莫名恐惧。长期的相处产生的互相依赖，知己般的熟悉，一个眼神就知道说什么。于是潜意识会担心分手了就再也没有人像对方这般理解熟悉自己了。人害怕的是没了这个人，自己会不会就永远孤独了。

感冒输液的时候我发现，针头在扎进血管之前，我看着它明晃晃的、尖锐的，被人拿着、比画着，在我手背上准备扎入。这个时候我是有点儿不安的，就好像会把我的手背直接扎穿。尤其是在护士用浸了消毒水的棉签，凉凉的，慢慢在手背上擦的时候，我的紧张感更是明显。

这种明晃晃的针头代表疼痛，所以不安。

想象出来的疼令人恐慌，就像我们想象死亡，就像我们已经不爱了却不敢放弃对方。

其实很多死亡的瞬间是不疼的，死之后又是空无。分手之后也不会永远孤独，会有新的人走进来。就像针头扎进血管的时候并不是很疼。

吵架

——爱情是台抛光机，我们成年后温和的脾气和耐心都是被爱情一点一点打磨出来的。青春期的我们，摸上去像金刚菩提，现在的我们，像温润的玉。

我们相互蹂躏、锤炼，越来越小心，也越来越温暖。

女生吵架，招数有几类：

第一类，任凭男朋友说什么，你就只是看着桌子，一句话也不说。突然站起来，向门外走，拉都拉不住，好不容易硬拽回来了，两眼噙着泪。

第二类，掀桌子、摔开水瓶，愤怒已经被燃爆，已然顾不上形象，狮子吼：“我 ×！！”

第三类，专门挑些刻薄的、对方最不愿正视的话，刺激他。冷嘲热讽，刀刀致命。必须把对方击溃，方才罢休。

第四类，紧握着小拳头，大口喘着气，你觉得她随时都可能把自己气晕过去。

哦对，还有，第五类，撒泼打滚捶地大哭回娘家。

第一类比较常见，看似柔软，其实很有杀伤力。对于男人来说，你的安静很诡异，像是在酝酿什么，很吓人的。但讲道理你不听，道歉你没反应，问你你不吭声，吼你你往门外冲。要是也不说话不理你，你噙着的眼泪就会往下滴，又让人心疼。于是这种情况下，男人一般自己崩溃。

沉默是夫妻吵架惯用的必杀技。所以这种吵架，不说话的一方略胜。

第二类比较低级了，你摔他也摔。我青春期时就摔过东西，经常被逼得有剖腹取粉的绝望。不过我摔东西时还算聪明，潜意识里挑便宜的东西摔，比如电脑的话我会选择键盘，摔起来声音清脆，破碎感较强，比较释放。还要摔得好看，摔的时候，动作要有张力，可以有适当的慢镜头和重复动作。表情要生动，眉头紧锁，可以给个特写——我 ×！！

一屋子家当叮叮咣咣，分分钟变垃圾场。气消了后，看着一片狼藉，又悔不该冲动。

这一类，双方都有伤，持平。

第三类诛心，慎用，最好一次也不要用。两个人在一起时，最懂得对方的弱点，也最了解对方最在意什么，所以吵架时就直指对方最无法接受的地方，尊严什么的全给打碎了。你可能是故意说歪理，只为踩他于脚底，但他听来却会觉得，这是你压抑已久的、深藏内心的，一不小心没忍住的外露。或许真的是你压抑已久的、深藏内心的，一不小心没忍住的外露。谁知道呢？有些话一旦说出来，就收不回了。

所以你想，假如他跟你吵架故意刺激你：身材都成那样了还整天问我衣服穿起来怎么样！呵，骗你骗得我都觉得好笑。

那么，虽然他是故意这样说的，但这次吵架以后，你下次再买新衣服想给他看时，会退缩吗？

因为太了解对方了，所以打击的那些词语必然会刺痛内心最软弱的地方。话一旦出口，变成声音，入了对方耳朵，就成了一个仪式，后遗症就会很多很多。

吵架

每出一刀

必须又稳又准

插进对方

软肋

这一类，女方大胜，但只一时。

第四类，惹不起，气得都快抽过去了，别别——别倒——快叫救护车……好了，宝贝，别气了，都是我不对……我——唉……

这一类，女稳胜。

第五类，呃，第五类是什么来着？哦，回娘家了。

回来你就败了……

当我们练就了一身吵架的好本领，却发现再也不会用到了。因为我们学会了一门双赢的绝学——坐下来，心平气和地谈一谈。

男权 女权

很多老外喜欢娶中国媳妇，很像中国人想娶日本媳妇，因为老外觉得西方女性太强势，中国媳妇比较听话，而中国人觉得日本媳妇更听话。而“听话”放大的话，其实就是奴役。这是男权社会残留下来的，与奴役有关的霸权和占有欲（养了鸡之后才发现，母鸡基本就是公鸡的性奴）。这也是女性主义觉醒的伟大，她消解、平衡了男性（雄性）“渴望奴役女性（雌性）”的动物本能。那么，作为男性，权力被瓦解的感觉肯定不好受，所以一切男女问题（矛盾）都是源于女性地位的崛起。

中国古代文学里对少女的描写都是捧在手心里的怜爱，到了西方就变成了洛丽塔。所以男人乐于找女学生，古人喜少妻，和老外喜欢萝莉，本质上是相同的。不管东西南北方文化差异有多大，人类的共同爱好是亘古不变的。你看老外来了中国就都爱找那种体形娇小好驾驭的女朋友。而男人这种对少女、对萝莉的偏爱，其实也是源于这种雄性霸权的动物性。

权欲之始就是性欲。

正是这种霸权和占有欲存在于男性身上更多一些，才有了大多数政治都是男人在参与。因为权力快感的原动力，就是男性霸权的动物本能。

这里面也有问题，譬如我上面说这种霸权和占有欲“存在于男性身上更多一些”，没有说“只存在于男性身上”，这是因为女性身上也有。事实已经证明，崛起之后的女性尝到了权欲的甜味，也会想要更大的权力。比如女孩子会经常转发一些“真正爱你的男人应该是这样”之类的，终极理想无非就是一个很帅很富有的男人，上班时积极上进，下了班就展示自己最有魅力的十个瞬间：洗碗洗碗洗碗洗碗……而自己就永远都是穿着睡衣抱着熊，睡眼惺忪，被吃早餐的声音叫醒。

不过是换了概念，以爱为名的权欲体验。

当然如果都是自发的，这就是爱情很好的归属了。但问题就出在，大部分人对这种需求的表现，都是带着非常主观的个人视角去要求别人的，而很少有人去考虑自己的行动。

我觉得这不是“人本能是自私的”这么简单，应该是“人生理结构”造成的。由于我们的眼睛的局限，导致我们和这个世界的互动，都是“无我”的。就是只能看得见别人，而看不见自己。所以我们经常会对别人的行为一眼就能看穿，对自己的行为就会认为藏得很好。而且即便是看到自己的时候，也会主动忽略掉自己的缺陷。比如很多长得并不好看的人，穿了漂亮的衣服，就会认为自己变漂亮了。那是因为他放大了衣服的部分，而主动忽略了脸蛋。以偏概全，也是因为这种局限。

而很少有人能非常理性客观地反观自身，所以我觉得“能够反观自身”，就是佛教里讲的慧根。跳出自己了。

按照这个思路想的话，一切历史、社会问题，不管怎么复杂，最终都是人的这种“阻碍自己反观自身的主观性”导致的。《港囧》里让徐来爆发的“爱心绑架”，是在戳穿父母只考虑自己的权力对孩子造成的伤害。所以，父母骂孩子和孩子骂父母并没有本质区别。

我老家村子里，村头最边缘的地方，有很多老人盖的小房子，都是被赶出来的老两口。在小时候的印象中，农村老人看戏，最爱看的就是那种批判儿女不孝顺的内容，《墙头记》《拉荆笆》《屠夫状元》之类的。可是城里人就真的孝顺吗？不过是打着孝顺的旗帜把自己父母接过来洗衣做饭免费使唤。当然孝这个东西，也很复杂。传统的孝顺，遗毒太深，父母皆祸害。西方矫枉过正，又尊重到没感情。于是这就是你选择婆婆打媳妇，还是媳妇打婆婆，是老公给你洗衣做饭还给你刷卡，还是老婆给你洗衣做饭还让你纳妾。人性要是不自知，就永远找不到那个平衡点。

反观自身，还是回到“我自己”了：自知，自律，自觉，自省，自醒，自救，自命不凡，自得其乐，自圆其说，自我认同。

自律让美好喷薄

我认为人性本是恶的，后天环境标准和理性教育得出善果，来不断地抑制恶、教化恶，然后才有了道德。

你在坐公交车的时候，让了个座，那么即便是你让座的时候没有任何你认识的人看着你，你也会感到很得意、很满足。这种满足是因为你自己对自己的认同，你自己把让座当成是一种崇高的标准。

那么，感情也是一样的道理。你想，如果你把“专注地爱一个人”，当成是一种崇高的爱情标准，你是不是也会被自己感动呢？这种感动会潜移默化地影响你对你爱人的爱。这种自我制定的崇高标准就是一种道德驱动力。

专注是爱，爱是责任，责任是自律，自律是为抑制丑恶的滋生，抑制丑恶的滋生可以让美好喷薄。

持续地爱一个人，这并不难。

相遇的概率

很多人担忧我结婚的问题，说你不下山，怎么认识女孩子呢？这问题很有意思。

一个交际圈特别广的交际花，一年可能认识一万个人，但有可能这一万个人最后都沦为脸熟、泛泛之交。你一年可能就认识那么一两个人，她可能就是你的爱人。爱跟概率无关。所以很多时候，爱人的出现是带着神秘色彩的。他们在这个地球上绕了这么多年，某次爬山玩，路过你门口。你那天刚好躺在太阳底下午休，听见狗叫，转过头。

也写爱情

有时候生活像坐长途火车，很累很难熬，但车不停你不可能跳下去，于是你只能望着窗口数着秒钟过，自我调节，或者打个盹，顺应了它。我觉得爱情不应该是这样，爱情应该是打开窗户，跳下去（就像生活的选择，别磨磨叽叽找理由。说干就干，然后你就会发现，不过如此）。

我比较容易黏人，认为既然是爱情，就应该每天在一起，最好是能揣兜里。走路都看着对方，每次短距离的离开都像一次史诗般的离别。并且，只要能让你开心，我就愿意改变。就像一个农民工父亲想让他的小女儿上城里最好的幼儿园。

这听起来是不是有些偏激？那你怎么还喜欢看电视剧。就像生活应该拼了命守住自由，其实，对于有些东西偏激点儿似乎更合理。就像理想不应该停留在想象里，那么爱情剧应该自己来演绎。不是吗？

不过现在看，这确实是偏见。毫无节制的善基本等同于恶。毫无节制的爱，也不会有好结果。所以大多数情侣的结局都是：你爱我，我更爱你，然后你就不爱我了。就像谈恋爱时男人疼你太多，对你过于专注，你就觉得累，但结了婚后男人再专注地疼你，你就恨不得让所有人都知道你有多幸福。

那是人性。于是趋于成熟的爱情就懂得克制，勒紧爱的小口袋，一点一点释放。他们深沉，有分寸，他们的爱持续很长。

这是第一种。

聊到这次马航飞机失事，韩勇讲他前段时间开车，带着季茹回郑州，一百二十公里的时速，在高速上突然爆胎，整个车转了四圈，甩出去五六十米。韩勇说这两三秒的时间里，像被慢放，有一分钟那么长。当时想到的两个字就是“完了”，然后他看了看季茹，眼睛对视的一瞬间，想的是“还好，能在你身边”。

韩勇脾气好，季茹也不无理取闹，他们很幸福，也是我想象中的爱情。

这是第二种。

我姥姥八十六岁，去年有段时间得了偏瘫，我姥爷说，要是我姥姥不在了，他可能也活不久。我姥爷说的时候很平淡，但我能感到，透骨的悲凉。

姥姥是个童养媳，六岁就嫁到我姥爷家一辈子伺候我姥爷。“伺候”这个角色关系，我直到现在还有些怀疑，“伺候”怎么能是爱情？

后来我想，其实这是环境和观念不同所致，我姥姥给家里生了九个孩子，夭折两个。对于这个观念里的女人来说，嫁给一个男人，就是爱情，伺候这个男人就是爱。儿女都不在身边，老两口相依相偎了八十年（如果从六岁开始算的话），这种感情已经很难用语言说清楚了。两个人其实是两个枝丫长在一起，钻破皮，肉和肉长在一起。一个如果死去，另一个便无法再活下去。这不是爱情吗？

这是第三种。

更多时候我也在怀疑，爱情该如何定义。比如已婚的男人有女朋友，在医院或者身处绝境时，他会想，只有老婆在身边才会安心，不然就会很害怕很孤独。而平日能给他激情的女朋友就不能带给他这样的填补。

可是当他发现病是虚惊一场之后，又马上不再爱可以填补他的老婆。

这又是一种。

我有时会糊涂，分不清。或许爱情本身就让人分不清。这个东西在每个人的眼里都不一样，并且每个人在不同阶段也不一样。初中时我认为爱是心跳，后来认为爱是会发光，再后来认为爱是归属，现在我认为爱是温暖的归属。如果非要定义的话，我想，出门在外老挂念着爱人一个人在家，那份挂念就是爱。比如朋友很多，亲人很爱自己，理想也有，但总觉得缺失些什么，那个缺失的东西就是爱。

至于如何演绎爱情，每人都有一种。我只希望我的爱情能华丽调和着平庸，朴实夹带着真诚。

第四章

虚无的诞生

大树神

北方的树我最喜欢侧柏和槐树，其实说最喜欢，也不对，应该说很多树都喜欢，尤其是到了一定年龄的，大树。因为我发现我喜欢侧柏和槐树的原因，在于其枝干的质感，虬枝盘曲，朴拙粗粝，有饱经风霜的苍劲高古之气。这样看的话我倒不是最喜欢柏树和槐树，而是最喜欢大树。喜欢大树身上的浑厚、苍古，以及巨大物体带来的，神性。

人类对“大”的物体很容易产生敬畏，认为非人类力量所及的“大”，都是神的作品。所以天子的宫殿，一般都很高很大，气势恢宏，就是为了造势，众生当中，他最接近神。

总觉得大树很有智慧。我有个逻辑，比方说，一只鸡、一条狗和一个人，这三个物种，智商是不一样的对吧？狗比鸡聪明，人比狗聪明。如果说鸡的智商是10，狗的智商是20，人的智商是100，那么一条狗活五个轮回，比如寿命期限乘以五，一条活了六十年的狗，就可以等同于一个人的智商了。那么一只鸡的寿命乘以五个轮回，应该就可以等同于一条狗的聪明程度，乘以十个轮回，比如一只一百岁的鸡，应该就可以轻松统治家禽界了。

那一棵三千年的树呢？三千年的沧海桑田，改朝换代，无数人在它的俯视下轮回，它知道三千年来所有的秘密。所以对我来说，它有比长者更广博的见识，就一定有比我更渊博的智慧。它只是不说话，它什么都知道，那就是它最值得敬畏的神性。

其实以前每个村子，村口都会有棵大树，这种“村口有棵大树”

的习俗，是自然崇拜的产物，我们的祖先很敬重自然万物，给每个影响自己生老病死、居住环境的神秘力量都命名神，万物有灵，山有山神，天有天神，阳光普照的是太阳神，平原地带的村子，还有土地神。一般社公庙边上都有一棵很老的参天大树，千百年安安静静，庇护一个村庄，还会被尊为一方社主，镇风水，保平安。不过近些年来，大树见得不多了，社主都被村民烧柴了。

挺讽刺的，我们的文化本来是最敬畏自然的，却也是最不尊重自然的。

去年在朋友圈火了的一棵观音寺的千年银杏，有张俯拍的图片，很刺激，北方十一月月底的山，整体呈暗冷色，但这棵巨大的银杏却在整个暗冷色的背景里，像喷泉一样，溢出满地金黄。这棵银杏树，给观音寺带来了盛名和香火，给西安旅游业增加了一个景点。新媒体时代，一棵树就能成就一张城市名片，这是多大的能量啊，那不就是树神对这个城市的恩泽吗？

其实终南山还有两棵千年银杏，一棵在辋川，王维手植的。我曾去看过，树的处境很委屈，矗在一排军工厂旁边，有着沧海桑田的落寞。跟观音寺那棵银杏，树龄差不多，只是一千多年都熬过来了，没想到到了近代却因修路被砍了一条“胳膊”。太遗憾了，砍的还刚好是整棵树线条节奏里最重要的偏枝。一棵盆景，为了达到树形的完美，蓄养一个偏枝，可能要三五年，但这棵银杏树要想像之前那样自然，起码要再等五百年。蓝田人民对那棵树不待见，所以，没资格享受树神的恩泽。

长安百塔寺也有一棵千年银杏，一千七百年了，算是终南山这三棵千年银杏里，年龄最长的一棵，树形也比另外两棵更好看，但遗憾的是，百塔寺这棵树，被挤在臃肿的建筑和公路边上，显得非常小气。观音寺那棵银杏，之所以气势巍然、潇洒俊逸，就是因为树的周围给树留了一片很大的空地，就像裱画的时候，四周有考虑足够衬托画的留白。而百塔寺这棵树本身具有的大气，却被围挤得缩手缩脚，像城市建筑群下的小树苗。所以，百塔寺周围的居民，也享受不了树神的恩泽。

留白很重要，留白的空间，决定主题的存在。所有应该独立存在的人和物，都应该有着属于自己的一片领地，而周边的空和白，就是用来凸显它的存在的。

和人一样，人在人群中，是没有“个人性”的，我们所有自认为的独立个性、存在，都会在人群中被消解掉。我常常站在人类史的视角，去反观那些微不足道的荣耀，每次看到人群时，我都在想，那些蝼蚁一样的角色，和我一样，相信他们每个人都认为自己是独一无二的存在，是这个世界的中心。（很多次站在城市上空看那些建筑群时，都觉得很荒诞，密密麻麻的小窗户，每个小窗户里的小人，站在窗户里面往外看时，都觉得自己那一扇小窗户，就是世界的大小，但当镜头拉远，以造物主的视角看那一扇小窗户时，就像动物世界里，剖面的蚁巢。）

去年回河南，跟朋友一块去过一趟陈家沟，回来时路过杜甫墓，进去看了看。很意外，比我想象的要落败得多，很大的陵园，只有一个看门的人和一间空空荡荡、连本诗集都没有的展馆。那天刚好也是深秋，杜甫的墓在陵园最后，非常孤独地立在一片柏树林下，秋风凛冽，很符合杜甫生前的处境。还是有些心酸的，上过学的我们，都知道诗圣，熟悉他的生平，听过这位诗人对自己生活的思考和情感的表达，我们对历史、文学的认知，都受过他潜移默化的影响，我们享受着他的恩泽，但他沉睡的地方，却从没有人去看过。不过还好，有片柏树林，簇拥着杜甫墓，墓碑在那片树林中间，像从墓里长出来的最大的一棵树。我站在那棵大树下拜了拜，也不知道聊些什么，就给他的香炉前，点了支烟。

第四章

虚无的诞生

唯恍唯惚

——人的灵魂是被封印在身体里的，就像很多开关，每次被触动，都会打开一个，有时候被震撼，会同时打开好几个。有时候顿悟，灵光乍现，一瞬间所有开关都通了。

我经常在写作的时候，会不自觉地重复一些句子，比如在我看来，百分之八十的社会问题都是审“美”造成的，百分之九十的个人问题都是格局造成的，然后所有问题的答案归根结底都可以归结到审美高低和格局大小上面，于是，我反复重复着，诗，诗，诗，视角，视角。次数多了，就显得啰唆。

我一直以为是种毛病，后来我看访谈或者听讲座，发现很多人表达理论观点时，翻来覆去阐述的，也都是同一个东西，用词和举的例子，也常常重复。于是我发现，越是那些大家，他们所强调的核心内容越少、越凝练。比如华涛说听画水彩的陈坚老师讲课，听了好几节，发现全部都是围绕着“留白的美学意义”和“如何将物体抽象化”来讲的。比如石朴先生说，他认为绘画的最高境界就是：“唯恍唯惚。”

比如我看徐振老师转发的微博，大概是莫奈阐述印象派绘画精神的一段话：“作画时要忘掉眼前是哪一种物体，想到的只是一小方蓝色、一块长方形的粉红色、一丝黄色。因此，注意力不是集中在要表现的景物上，而是在景物周围的空间环境、光线、烟雾、气流所产生的效果上，或只是局限于表达在一定条件下，景物着光，给画家留下的瞬间印象上。”只是这一段，印象派所有的“方法”及绘画精神，就都在这里了。

但如何忘掉眼前的物体，看到的只是颜色，如何看得见物体周围空间环境、光线以及烟雾、气流对颜色的影响，那就得靠天赋和无数个日夜的训练，才能达到的结果了。

也就是说，每个人都有自己的武功秘籍，浓缩起来，就那么多，学到很简单，但吃透太难了。因为能将这些秘籍系统化，作为一种方法，运用到与自己有关的每一件事物上面，作品也好，生活也好，并且相互贯穿，自成体系的过程，太庞杂了。

灵感

玩具诗

我喜欢在诗现形时
抓住它
把它放在纸上
盯着它
好好看看

灵感，是一个摸得着看得见、可以被具象的东西。

举个例子，假如你哪天对某个想写已久的命题突然迸发热情，立刻坐下来很专注、很投入地一口气写完了这篇几千字的小文。在你即将收尾时，“啪——”断电了，并且没有自动保存设置。这个时候等再来电你坐下来，先别拍桌子砸键盘或者泪流满面，你想想，其实你刚才被一种神秘能量附体了，现在它不在了，因为刚才的那个命题现在让你怎么写都写不出来了，即便是写出来，也远远没有刚才的那篇更畅通、更完美。而刚才写出来的那些，那种赋予你大脑的短暂能量，就叫灵感。

这个时候，你发现，你又可以写一篇有关“灵感”的小文了。于是“灵感”换了套外衣，再次被召回。

冬子的诗

自来水在流
我只要伸出手
很快就会盛满
溢洒一地的
一盆诗

以前我觉得灵感应该是与生俱来的。在某个时期，我一个月能写出二十几首得意的诗来，并且很多都是一瞬间在脑子里直接成形的，像是被一束光击中，词语和诗意一并像自来水一样流出来。两分钟写出来，不用修改润色就是完整的。并且觉得我的世界里诗多得像结满一树的果子，摘都摘不完。

可是后来一段时间，当我的生活从自我封闭的小空间里走出来，去代课，去挣钱，完全忙碌起来后，我发现，以前对细节的敏感和幻想被很多烦琐的事情和焦虑所挤压，诗意就少了。诗意少是因为太多的事情让很多敏感的思考不能够专注。专注少了，思考就越来越少，诗意必然也就越来越少了。诗意一少，面相都变了。

我很害怕我的面相越来越世俗气，于是我推掉很多挣钱的机遇，回到西安——这座能让我静下来的城市。

一旦诗意击中你的次数变少，就说明敏感和自信在逐渐磨灭。因为敏感是不断地思考刺激培养出的结果，自信是艺术家在创造出作品之后对个体存在的认同。所以当敏感和自信都没了，一个人也就彻底世俗化了。而这种时候多半是掉进了一个永远停不下来的世俗环境里——重复的工作以及烦琐的交际等。

回来后我发现，在选择一种生活时，一般都会是失去这个东西，必然捡到另一个东西。比如我失去了充足宽裕的收入，但收到了每日逍遥自在以及面对时间的专注。

于是我觉得，除了自知和反思，我必须坚持的还应该有幻想的热情、挣脱的魄力。

神秘而新鲜的陌生感

进入一个陌生环境，认识和熟悉每一个新事物是件非常玄妙的事。你想想看，你去一个地方，在你从火车上下来之前，你是没来过这个地方的，那么接下来这一步，就像人类史上的第一步。你第一步踏入这个陌生的地方，之前没来过，这座城市的每件事物、每个人都是在一个虚无中被你一个个点亮。就像进入一个雾都，你走近一点儿，就有一些东西在你活动的范围里显出来。

并且那些东西都是已经选择好了，也排练好了的，只等你走进时，那些路人和那些场景道具，就在你需要的时间和环境里，不露痕迹地出现。

就像你现在看到的这篇文字。

悲观与希望

这是个让人绝望的事实。

我的悲观就在于，推倒只需瞬间，重建却需要一代人甚至几代人。砸烂一个秩序只需要一个野心家闭一只眼，而重建，却需要一百年。就像长胖很简单，过个年回家养懒，十天就可以胖一圈。但减肥很难，需要强大的自律压抑自己的食欲，强迫自己运动，并且见效缓慢，几个月还恢复不了。上瘾很简单，戒瘾却需要不断地践踏意志力；健身房里坚持每天锻炼的人肌肉像石头一样坚实，锻炼一停下来，肌肉就会垮得像一张被抽空了的皮；弹琴的手指磨成了茧，半个月不弹就得重新忍受刺痛；持续地锻炼身体才能得到健康，一直到老都不能停，一旦停下来，疾病就会入侵；思考和写作都必须不停地磨刀，一旦拖延，想象力就会锈钝；懒惰很简单，一个勤奋的人很快就可以变懒，但一个懒人变勤奋却需要拿鞭子抽。

……

这像一个定律。

所以我的悲观在于，相信能变好，但一定不是现在；相信会变坏，有可能就在今天。并且面对乌合之众，相信个人的善，但绝对认定众人为恶。

而正是因为这些，历史才总是往最坏的方向发展。也正是因为这些，一切善与恶才有了博弈的对立。

孤独

有时候孤独不是因为人和关怀，而是因为生活和生命，亲人和爱人都填补不了这孤独。这孤独，是作为一个必须活着的生命在这个世界里的无奈和恐慌。

流感小记

软

我就这样黏在
有靠背的椅子上
双腿开始融化
肚皮塌陷
胳膊垂直地面
手腕被任意打结
缩成一个耷拉着脑袋的鹅形
镜框从鼻梁滑到脖底
在锁骨上压出两个浅浅的坑
嘴唇黏在一起
头发往下滴出浓墨
只有眼睛
还在写诗

我感冒了，嗓子很痛。每咳嗽一下，我粉嫩的扁桃体就像被那种粗粝的砂纸打磨一下。平时觉得强大得可以掌控任何东西，并且游刃有余，但每次生病或者碰到像地震、闪电这种更大力量的包围时，就觉得自己脆弱得不堪一击。此刻我感到很绝望，我对这病一点儿抵抗力都没有，它让我感到很无力。人不能被同类击垮，不能被社会环境击垮，但可以被自然击垮，被自己击垮。一个开天辟地、战无不胜的将军，一场感冒就倒了。所以从这两方面看的话，人要对比自己强大的力量怀有敬畏心，对自然，对生命本身。

奇怪的会是现在

奇怪的会是现在

如果一觉醒来
发现自己，在一个完全陌生的空间里
或者一个长满绿草的院子里
坐在老人椅上，扶着拐杖
一条老狗卧在腿边
知了在叫
阳光打在脸上

相隔一段时间，回到同一个地方时，会有种从来没离开过的恍惚。让人觉得中间那一段时间是空白的，以至于怀疑，关于那段空白时间里的记忆是想象出来的吗？

昨天见一个十年前的朋友，他坐在我面前时，时间的虚无感扑面而来，像是上个星期还一起喝酒畅谈的脸，竟然有十年没见了。我一直有一个问题没想明白，就是假设此刻谈论十年后如何，就会觉得遥不可及，那些空白里充满无限的可能和想象，像是一生那样长。但是面对上一个十年的自己，却像昨天一样。那么，过了下一个十年看现在，不也是一样恍惚吗？

是的，就和现在一样。

明亮的孤独感

夜

寒山
月光
虫鸣
头顶上空的
黑色布景
有一颗星星
会动

有点儿病态地偏爱孤独的清澈与感动，我喜欢大家都在狂欢时自己躲到最后面的角落里看，那种旁观特别清晰，有存在的快感。现在想想，我好像一直都比较迷恋一个人过节或者过年，那种所有人都在狂欢，终于只留你一个人可以如此客观地感受这个世界，那种孤独感，从未有过的清澈。

想象如果在大年夜一家人热闹温馨时，自己偷偷回到异常冷清、空无一人的大街上走一圈。没有人发现你，只有几只大胆的老鼠和无家可回的流浪狗。而雪地上红星点点的鞭炮屑，依然发散着年的香。消失在黑色尽头的街道，只有一个人的影子被拉长。影子背后的城市，灯火通明，耀眼得亮。

想象你是个渔民，大海上只有你一个人。当然不是一直一个人，一直一个人那是荒野生存。是说白天出海时有那么阳光明媚、海风平静的几个小时，无边无际的海平面，只有自己一个人。我会脱光了衣服躺在船上晒太阳，阳光照得黄色的身体雪白，像蓝色海面上，躺着一个雕塑，银光闪闪。

人间好热

昨晚喝得有点儿多，虽然很清醒，但成话痨了。我竟然对着一个泥瓦工吃着烤肉喝啤酒谈“存在”和艺术史……这会儿想起他看着我的眼神和对不上思路的接话，特别后悔……

少年时期都有那么一个阶段，想向所有人表达自己，像强迫症一样给人家讲你的规划、理想，别人越是听不懂，你就越着急，觉得世人都不能理解你，冷风吹颈口的孤独啊。最后撂下一句：“你们这些俗人！”

视野再开阔一些后，就学会只跟能听得懂的人表达，在听不懂的人面前一言不发。

胸怀和视野一样大的时候，表达的欲望也消解完了，转换成梳理个人思路的随笔或者自得其乐的诗歌。只和三五好友相忘于江湖，或者关起门来，与古人畅谈。并且在与人的对话场合，非常认真并努力地消解自己，消解“我”。因为这世界除了把你当作偶像、尊师、爱人、亲人、“个案研究”，或者“只是想从你这里听一个能得到愉悦的故事”的这些人之外，没有人对你想什么、在干什么有兴趣。不信，你关了手机，看还有没有人理你。

比如我说这些大部分其实是自己在顺着思路梳理，而被日记将话语丢进一个黑暗的树洞里。

现在的主要问题是，我为昨晚的谈话感到脸红。对方肯定把我当成自以为是、不过如此、有奇怪想法的傻子了。没错，对话对象选错时，对方就是对的。

好久没下来住了，这一晚上燥的。人间好热……

自拍

自拍

这张陌生的皮囊

跟我想的不一样

我要再画一张

我一直没注意过我有身体，我总觉得我能看得到你们，你们看不到我。我不说话，肉体负责说话，我只思考，我的思考通过手指转换为文字。我很难过我无法跟照片上的那个人认识，声音通过我的喉咙，经过脑腔分解回响之后，才传到我的耳朵里。我永远也听不到他讲话时真实的声音，也看不到他现在躺在床上的样子。

我必须从我的身体里钻出来。

时间的沙砾

虚无的诞生

马克·诺夫勒的歌

好听

我听了整整一个下午

先是看了他八十年代的 MV

接着

打开 *Brothers In Arms* 这首歌的 2007 年现场

这个曾经辉煌一时的偶像

只是一个点击的瞬间

就老了

我经常会想的一件事：当我垂暮之年，我会想些什么？我想，如果在屋里，我就会悲观，会想人活一世，死是什么？在想到这一辈子的记忆将重回出生之前，重回混沌之中，重归于“无”时，会显得恍惚，分不清记忆是不是真实的，那些记忆像是想象出来的。每一个画面里面都没有自己。

黄粱一梦。

但是如果在院子里，又是晴天，风只要从我脸上吹过，我就会为那些记忆而感动。

子非鱼

读过一篇文章，说盆景是“人权”对植物扭曲异化的艺术。说人对植物的修剪是残忍的，一棵本来在山里自由生长的小树，被一些叔叔挖回家，以主观审美强制其生长，剥夺了小树自然生长的权利。比如说到舍利干，就用词“强剥其皮”。说到造型，曰：或施以捆绑、施以刀斧，为所欲为，残忍至极。说得好像做盆景就是在强奸一棵树。

那么雕塑艺术就是在强奸石头了?

说到痛心处，连盆都不放过。说本来在大自然妈妈的怀抱里自由生长的小树，最后被做成盆景放在逼仄的花盆里禁锢根的蔓延，就像给女人裹小脚。

说得真好，尤其是最后的类比。我真的觉得文章写得很好。很难反驳吧？我觉得，假如说这话的是一棵树，那当然是没法反驳的。但“子非鱼，安知鱼不乐”？

我会从另一个角度去看盆景的创造：一棵相貌身材都不错的树，但是由于在山野间肆意生长，就像农村里那些没有意识到自己美的女娃，盆景作者所做的就是把它挖回来，给它洗头洗脸剪指甲，给它上盆儿，穿上漂亮的小鞋子。然后给它听好听的音乐，喝甘甜的水，晒温暖的太阳，让它慢慢从一个“屌丝”变成一个“女（男）神”。把它放在盆景架上，麻雀变凤凰，让它的美最大化地体现它的存在。真正的盆景艺术作者是带着爱意去修剪的，洒水的时候植物会冲他们跳舞。

所以有人说树不应该修，盆景很残忍，扭曲了植物本来的面貌，我就觉得，有代沟。我们都是教化的产物，被书教化、被人教化、被经验教化、被文明教化、被历史教化、被生长环境教化。让你的孩子肆意生长，他就会成为人猿泰山。

人类真是奇怪，本能地喜欢“美”，却又去指责修剪不对。我就不这样，我偷偷和你们说，终南山的土地山神都是我的老朋友。我从后山挖了一棵小杏树栽到院子里，还和山神打了招呼呢。山神说那棵小杏树在阴处被周围大树欺负，被周边枝叶繁茂的大树遮挡得晒不到阳光，根系弱又抢不到养分，在阴坡里，生活得特别委屈。我愿收它回来也是它的福分。

然后这棵小杏树就和我结了缘，在我这里有充足的光照。夏遇干旱时，别的树都断水了渴得嗷嗷叫，我每天还会给它浇一盆水。它的存在除了生老病死，还有了“意义”，没有它，院子的构图都是没有节奏的，它是我的小伙伴，是沐暄堂不可少的一员。

最让其他树羡慕的是，它的花、曲线和枝干还经常被一个叫“手机”的神奇的东西拍照。

万物有两面性或多面性，到处都是陷阱。酒肉穿肠过，佛祖心中留，自己骗自己，骗到无懈可击时，就是一代宗师。所以我对桃花笑，桃花就会冲我晃晃小脑袋。

穿越术与长生术

音乐很玄妙，拨弄琴弦，只是让声音高低长短像诉说一样，组合成旋律，谱曲之人的情绪、思想、性情的变化就都在那些声音里了，听的时候，竟是忘了对面弹琴的人。好的音乐，天人合一，创造的时候，其人就已经和曲子共生了。所以艺术到了“即兴”的层面就有了神性，很多音乐都不是写出来的，而是像诗歌一样流出来的，有了上句，下句就顺着出来了。弘一写了一辈子，都不如“悲欣交集”这几个字，就是因为这几个字不是“写”出来的。

孤山秋月，听江伟兄弹琴，一曲《忆故人》，恍惚觉得是琴自己在发出声音，像是最初创作这首曲子的老者，隐约可见。当时一下子就通了，这样的琴声不就是灵魂吗？传了千年的谱子，就是那位老者一生的诉说，而后人的演奏，不过就是释放他出入的身体。那种神性，就像我翻开画册看到良宽的字时，似科幻电影里打开了一本会动的书，良宽禅师坐在屋内案头，外面的风和终南山的一样干冷，秋叶落尽。他关上被风吹开的木窗，落笔写下几行小字：

生涯懒立身，腾腾任天真。
囊中三升米，炉边一束薪。
谁问迷悟迹，何知名利尘。
夜雨草庵里，双脚等闲伸。

写完似乎觉得有人在看他，骤然抬头望向窗外的天——刚好与我四目相对。于是我赶紧合上书，翻去下一页。

是我的想象力太真实了？还是它们本身就存在于那些声音、图像或文字的痕迹里？

在宁夏贺兰山看远古岩画的时候，有个原始人就一直拿着石头在那些石壁上画圆，我站在他后面，看了他半天。他发现我后，转头好奇地看着我，那一刻我经历着《超体》里类人猿看到人类露西的类似情境。

应该是他们本身就存在，因为我身边很多人都跟我一样有过类似的经历。周导说他有一次在长城拍片子，阳光斜照在千年残垣断壁上，他一直觉得在一处城墙后面，站着一个士兵。和师维一块站在南五台最高峰，师维形容她感受到的终南山的气，跟我感受到的一模一样。和紫竹林的师父聊天时，发现出家人对“气”这种无形的东西，理解更具象化。而当我说“古意”时，徐振老师一定也和我感受到的一样。

五指山

把手伸出来
放在阳光底下
除了一道道
金黄的手纹
还可以看见
孙悟空

所以那些都是存在的，只是有的人能看见，有的人永远都看不见。

研究宋词的叶嘉莹先生如果去了王维故居，感受一定跟那些背包驴友不一样。西安蓝田的王维故居，就只剩一棵树，一棵王维手植的银杏树。但即便是一棵树都没有，先生只是站在故居遗址处，就会感动。因为站在那儿的那一刻，闭上眼，当年的建筑和草木一下子就像特效一样重新还原，王维从屋里走过来，穿过你烟雾一样透明的身体，径直走到那棵银杏树旁给树浇水。

那不就是穿越?

就像你看到一束阳光照在手背上，幸福感就会滋生。你身边的人都觉得莫名其妙，而那动人的一秒颤动，很少人能体会到是什么，身边的人怎么也想不明白，那有什么可感动的？不就一束阳光，一方蓝天，一曲旋律，一片青草地？还是觉得你莫名其妙。可是真的，鹅会讲话，花苞会笑，太美了。

同样的存在，也活了一生，我奶奶就说，兵马俑她去过，很多，一堆泥巴人儿。武汉长江大桥她也去过，很大。

看电影我会很专注，代入一切想象力，将里面每个角色都体验一遍。人获取经验的方式其实更多都是间接经验，直接经验通过经历获取，间接经验就从书里、从电影里、从别人的故事里、从生活细节里等。比如虽然没打过仗，但看电影里子弹横飞过来，想象自己是被击中的那个人，就也可以有过一场血战经历了。所以那一刻就会切身地感受绝望，反思战争。看见树叶动，就知道有风。

于是你发现，如果把这种间接经验当直接经验，那我们也等于活了好几百年了，经历了那么多。相对于那些没有想象力的人重复单调的经历，这不正是长生?

我昨天就经历了一场《甜蜜蜜》的爱情，当了几年下放知识青年（《巴尔扎克与小裁缝》）。哦对，前天还和霍比特人一起杀过龙。

自我的战争与认同

人微言轻

二十四岁的时候，我就陷入了“英雄主义情结”和现实对接问题的尴尬与虚无。

自画像

闭上眼睛
可以绝望成盲人
盯着镜子
可以分裂自身

做一场梦
即跳出三界
抡起锄头
就能把理想
埋进土里
想你一次
孤独几世轮回
晒晒太阳
就可以
抓一把阳光颗粒

喝得是不是有点儿多了

我想一挥手
天都为我开路，海水都为我分出一条道
我野心勃勃
想载入史册
想一声革命
浩浩荡荡，万人响应
我还要透露一件事
我本是
轩辕氏最得意的儿子

夏夜

还没有走近
就被她吸引
她迈着自信的脚步
扭动着腰身
在路灯下的剪影
像一条直立行走的蛇
像是这个夏夜
只有她才是女人
擦肩而过的一刻
我很是郑重地向她
打了个招呼

姐姐，他们都在议论你
说你搔首弄姿，欲求不满
说你湿漉漉的不只是头发
还有浑圆的臀部
他们叫你少妇

姐姐，我很惭愧
你比一个诗人更有影响力

人的动物天性让我们一开始就对自己的同类有依赖感。一个孤独的原始人在一个全是异类动物的环境里如果看到另一个人类，就不感到孤独了。这种找同类的天性最后缩小到找认知的同类，找知己。

比如我在西安，在自己的领域里，那么我的自信应该是我的认知。而在老家的话，我的存在就很尴尬了。

当然，这种落差只是一瞬间的感受，这太正常了，是人就避免不了。就像愤怒，每个人都会有，只是一个温和的人和一个躁动的人区别在于，温和的人愤怒的频率低，恢复得也快。

人的这种受环境影响的自卑意识也是一样，区别就在于有人一瞬间就调整好了，并且看见了“存在与虚无”，有人却不断地被缠绕着，直到“垮掉”。

高非跟我聊天诉苦说：“我看人，总希望从更大的视野去看，所以标准高些。外人总以为我狂妄。而悲哀的是，有一天发现自己的偶像已经被自己的认识超越了，过去崇拜过的偶像一个个被甩在身后，所以导致很多东西不入眼，但自己没做出来之前又不能说，不然就落入自大的嫌疑。所以我现在不和周边人接触，就是怕冒犯，这种等待啊。”

可惜我也没练成啊，心大。

其实我看艺术家也是从艺术史的视角去看，所以特别理解高非这种尴尬。前段时间在一个朋友的诗歌群里讨论废话诗，朋友就急了，说："二冬，你太狂了，你要是韩东的级别，再在这里谈诗！"

唉，人家真的只是在就诗论诗，怎么观点不同时，对方就容易急呢？你们人类好奇怪哇！

这种无力和尴尬几乎不同程度地充斥着生活。其实你清楚，对很多人来说，同样的观点，没有话语权的人说出来，就会被轻视。嘲讽你一个屌丝大谈成功学，这便是人微言轻罢了。

于是这个时候你的内心就开始向孟子的"穷则独善其身"靠近，生活开始向庄子靠近。我们可以从历史的视角看见自己的位置。所以以前我会觉得添堵，但现在就会说："哦？嘻嘻，你们继续，我去喂狗。"

其实我们自己知道自己在哪儿，根本不会在意别人的评价。因为我们知道，这就像全村人都说你好，你不一定好，要村里那个最有智慧的长者说你好，你才是好。所以当和高非兄聊书法一见如故时，和公度兄聊诗歌相见恨晚时，我就知道了。

治疗虚无的良药

自命不凡

自得其乐

信念和宿命

童年

被叫“小胖子”的小朋友
穿着破烂的开裆裤，蹲在门口
看耀眼的黄土上，树叶蓝色的影子左右晃
每次树叶晃
裤裆下面的小小鸟，就会一阵凉爽

我一直在想，情结是个什么东西，后来发现，情结其实就是某一个画面抹不去的印记。比如我一直都有一个特别清晰的画面，就是小时候蹲在槐树下面看槐树叶斑驳影子下的蚂蚁搬家，特别专注。以至于长大后对那些阳光晃动和专注，不断地被提起。

应该是2001年，初中二年级的一个星期天，我在县城买磁带，偶然进了一家音像店。这家音像店的店面不大，却能让附近走过的人一眼就看见。

店面周边的墙用乳胶漆刷满黑色，招牌的背景也是黑色，上面印着四个有力的红色大字：“声势影音”。虚掩的玻璃门上贴着各种骷髅头的招贴，还有一些暗黑乐队的海报。我进去之后才想到，店门应是有意掩闭的，这样能阻挡门外过多的光线，让白天也像夜晚一样有安全感。

店里面的装饰也很另类，印着食尸鬼的黑色 T 恤，镶满铆钉的长筒皮靴，还有一串串大拇指大的骷髅头穿成的腰链，每个小物件都有强烈的暗黑金属风。两面墙码满 CD，全都是听都没有听说过的乐队。

老板放了一张活结乐队的现场，对很多人来说可能觉得挺吓人的、挺吵的，抱怨一下就赶紧离开了，但我从那天开始就跟这家音像店的老板——鼎哥，成了最好的兄弟。

青春期

在期待黑暗和爆发中
孤独
沉默
摇滚

毕业前的一个夏天，一个写诗的朋友带我去另一个朋友的院子。那天晚上，我们几个朋友，坐在夏日凉风的月夜，院子主人割了一捆艾蒿，点来熏蚊虫，艾蒿的烟雾里有古琴的声音，抬头能看见后面山坡上有飞檐走壁的采药人。那个院子是会心园，园子的主人是老孟。

也就是我现在终南山的邻居、长辈、好友。

其实你看每个阶段你的世界，被某一个人或者某一群人打开一个口。你进去了，是一直朝前走，还是进去了看一眼又退回你自己的黑暗里，这个是你自己的事。但那个出口，一定是某个人打开的，站在亮光里向黑暗里的你招手。能进来的便进来一起把视野变得更宽、疆土拓展得更大。进不来的，或者中途卡在中间的，是他们自己的事。

抛开那些自命不凡，客观地来看，生命里那些在我无知的阶段，或者思考遇到“瓶颈”的阶段，或者走在死角绕圈子的阶段（每个阶段茫然的不一样），以“自身生活方式”出现在我的生活里提供出口给我的人，都是对我产生很大影响的人。

于是我就知道，你是什么就一定会是什么。多么恶劣的环境都改变不了你成为那个人。

和老孟聊天说，大部分人一有个理想就是，“我要攒够多少钱，我就怎么怎么过”。而我不是，我是先考虑怎么过，然后再考虑如何活得更好。我身上有五十元钱就敢上山。先站在理想里面，再逐渐完善。

于是你看，从任何一个方面最终都会指向你会成为你现在。

离群

鸟人

如果必须变身一种动物

我希望是一只

脾气暴躁的喜鹊

这样

就可以

做一只离群的鸟了

孤独

比虚无更难对付

当“存在”清晰得像一道打在脸上的光

你看到的却是

孤独

三种情境下我会感到孤独

一种是情怀：

指头尖儿大的花苞摇晃着脑袋打开的时候，在我看来就像小宝宝学走路一样笨拙感人。

一种是存在：

你能不能像看见去年一样站在明年看见今年？

你可看得见父母像镇上那些老头老婆婆一样，老到偏瘫在床，绝望得说不出话，然后你喊：“爸，妈。”

或者躺在床上的那张干瘪的脸，有和自己一样的名字？
你可曾意识到，我们都看不到，*2100* 年的大雪。

一种是爱。

三种情境下我才不会感到虚无

1

写诗的时候
空气都是可以触摸的
胳膊向天空一挥
气流旋转
就像搅动河水

2

一个人躺在
绑着杏树的吊床上
看树叶摆动的时候
风吹手指
像滑过一条蚕丝被

3

爱上你的时候

终南，我的山

1

有人身穿布衣，足踏草履，肩背锄头
在云雾里歌唱
“卖薪沽酒，狂笑自陶情。
苍径秋高，对月枕松根，一觉天明……”

2

两只胳膊一挥
人就飞起来了

3

云彩不但可以盖宫殿
还可以揪一块嚼着吃

4

每次回到终南山

我都会一个人站在山顶

看看下面的城市

看看人间

每次站在山顶往下看这个世界的时候，就会觉得一下子被打开了，就像你暗恋的姑娘突然对你说“我也喜欢你”，让一个抑郁症患者豁然开朗。

英雄主义的消解，存在与虚无的博弈，自由和爱的守护。于是，这一切最终都会指向我成为我的现在，住在山上。

图书在版编目（CIP）数据

借山而居 / 二冬著. — 修订本. — 北京 : 中国华侨出版社，2017.12
ISBN 978-7-5113-7076-1

Ⅰ. ①借… Ⅱ. ①二… Ⅲ. ①散文集—中国—当代 Ⅳ. ①I267

中国版本图书馆CIP数据核字(2017)第248662号

借山而居

著　　者：二　冬
出 版 人：刘凤珍
责任编辑：付改兰
装帧设计：门乃婷工作室
经　　销：新华书店
印　　刷：北京盛通印刷股份有限公司
版　　次：2017年12月第1版　2018年5月第3次印刷
开　　本：880mm×1230mm　1/32　印张：10.25　字数：226千字
书　　号：ISBN 978-7-5113-7076-1
定　　价：49.80元

中国华侨出版社　北京市朝阳区静安里26号通成达大厦3层　邮编：100028
法律顾问：陈鹰律师事务所
发 行 部：（010）82068999　　传真：（010）82069000
网　　址：www.oveaschin.com
E-mail：oveaschin@sina.com

如发现图书质量问题，可联系调换。质量投诉电话：010-82069336